EL ÁNGEL LITERARIO

EL ÁNGEL LITERARIO

EDUARDO HALFON

los tres editores

Todo retrato pintado con sentimiento
es un retrato del artista, no del modelo.

OSCAR WILDE

I. HACÍA FALTA LA MAGIA

La realidad no fue nunca suficiente;
hacía falta la magia.
HERMANN HESSE

Lanza hacia una esquina sus zapatos y medias. De un trago, apura la mitad de la leche que su madre le ha servido. Puede verlo a través de la ventana, grisáceo, impaciente, esperándolo. Sus cuadernos de griego están abiertos sobre la mesa de la cocina. Pluma y tintero. Una hoja en blanco para ejercitar la escritura y la declinación de nuevas palabras. Ansioso, no escucha las advertencias de su madre, no le importan. Quiere marcharse. Un tenue bigote blanco es ya el único residuo de la leche. Con felicidad escucha los pasos ligeros de su madre alejándose, alejándose más, subiendo las escaleras. Ahora, piensa. Ahora. Brinca del banquillo, empuja la puerta de madera y, persiguiendo a un duende gris, sale hacia los arrabales.

Los bosques y huertos de Calw son ahora su jardín. En las tardes, descalzo, Hermann escapa de su casa y trota por entre los árboles gigantes de la Selva Negra, rozando cada corteza con una mano extendida. Atraviesa riachuelos angostos, ora brincándoles por encima, ora dejando que las gélidas aguas amansen sus pies. Se escabulle entre las rojas amapolas. Recoge piñas secas. Atrapa libélulas. Ya lejos, hay un claro en el bosque que es suyo. Solo suyo. Allí le gusta echarse sobre el forraje y ver cómo los haces del sol, rezumándose por entre el verdor de las ramas, iluminan el suelo. Sabe dónde pescar, dónde conseguir un melocotón dulce, dónde se congregan todas las pequeñas mariposas azules. Y sabe, hasta donde puede saberlo un chiquillo de doce años, que su patria es el bosque.

Va silbando.

Los jueves, Hermann se dirige contento al mercado que queda al otro lado de las estepas, en Nagold. Le gustan los cantos de la muchedumbre alocada y el perfume de las frutas y también los chillones colores de las verduras. Esa larga senda hacia Nagold que serpentea por el erial es sin duda su favorita.

Durante un rato persigue a las gallinas de Herr Schmidt, hasta que este lo amenaza con su bastón. Logra divisar, de vez en cuando, una borrosa mancha gris corriendo ante él, guiándolo. Cruza la línea férrea. Se detiene a descansar a la orilla de un lago. Y mientras los dedos de sus pies se deslizan entre el fango tibio y meloso, contempla a un viejo pescando en su balsa: inmóvil como un lienzo. Lo atrae la pesca, los viejos, los lagos; sí, en especial lo atraen los lagos. Bellos charquitos celestiales, los llama su abuelo.

Hermann lleva solo unos meses viviendo en la Ledergasse, lejos ya del esotérico mundo de su abuelo materno. Cristiano devoto, médico, misionero y filólogo, el doctor Hermann Gundert habla más de treinta idiomas, incluyendo el pali y el sánscrito. Conoce las oraciones de los mahometanos. En las noches, le canta a su nieto canciones indostánicas y le cuenta historietas bengalíes. El niño Hermann debe cruzar la biblioteca de la casa para llegar al estudio de su abuelo, un panteón de olores exóticos, libros mágicos, manuscritos, rosarios de perlas extrañas, rollos de palmas cubiertos con alguna antigua escritura y un curioso ídolo danzante traído de la India. Todo ahí huele a especias y sándalo y tabaco y lontananza. Sentado siempre tras su gran escritorio –donde maneja la editorial cristiana que, desde 1862, se dedica a publicar himnarios, folletos piadosos y diccionarios de teología–, el doctor Gundert sonríe al ver entrar a su nieto; y su nieto reconoce, entre una tupida y acogedora barba blanca, la sonrisa velada de la sabiduría.

Ser mago. Sin saberlo, sin proponérselo jamás, el doctor Gundert engendró en Hermann su anhelo más intenso: aspira a convertirse en mago. Desde muy pequeño, ha sentido un profundo descontento hacia lo que otros suelen llamar la realidad, considerándola una convención ridícula de los adultos. Quiere encantarla, transformarla, potenciarla. Desea hacer que crezcan manzanas durante el invierno. Se concentra en llenar sus bolsillos de oro. Sueña con encontrar tesoros, paralizar a sus enemigos, resucitar muertos, hacerse invisible. Pero su hechizo principal es un hombrecillo diminuto y gris, un espíritu angelical, un duende demoníaco que se aparece ante él y lo guía. No recuerda Hermann cuándo lo conoció: a veces piensa que quizás vino con él al mundo. Quizás podría ser un ángel. Pero le obedece más que a sus padres, más que a la razón, más que al miedo mismo. El duende lo aleja siempre del peligro. Lo conduce al lugar donde inevitablemente encuentra juguetes perdidos, colibríes y liebres, artefactos maravillosos y, principalmente, amistades nuevas. Un domingo, en el parque aledaño al Georgenäum, Hermann brincó dentro de la enorme fuente de piedra, imitándolo, y si no hubiese sido por su vecina que rondaba por allí, se habría ahogado. Es amigo de Frau Ana desde entonces. También imitándolo, Hermann se ha tragado un clavo de hierro, se ha fugado de su casa durante días, se ha lanzado varias veces desde lo alto de algún árbol. Lo sigue, lo imita, y punto. El duende no tiene nombre, ninguno lo puede ver ni sabe de su existencia. Nada, piensa Hermann, sería más prohibido y pecaminoso que nombrarlo y hablar de él.

Pienso en abuelos, en mis abuelos: uno polaco, otro libanés; uno askenazi, otro sefardí; uno sobreviviente, chaparro y peligroso alrededor de una botella de whisky, otro serio, de pocas palabras y con una semejanza aterradora a Alfred Hitchcock. ¿Qué tipo de influencias ejercieron ellos sobre mí? Algunas, sí, quizás, pero seguramente no literarias.

Pienso en abuelos, en abuelos literarios, y recuerdo de pronto la minuciosa descripción del suyo que hace

Jean-Paul Sartre en su obra autobiográfica publicada en 1964, *Las palabras*, en la que cuenta cómo estas lo sedujeron durante sus diez primeros años de vida.

Charles Schweitzer, su abuelo materno, había cruzado el lago Ginebra con Henri Bergson. Yo estaba loco de entusiasmo, solía decirle a su nieto, no tenía ojos suficientes para contemplar las brillantes crestas, para seguir el centelleo del agua. Pero Bergson se sentó sobre su maleta y ni una sola vez alzó la mirada. El viejo Schweitzer, con un jarrón de cerveza en la mano, pensativo, casi místico, concluiría diciéndole a su nieto que siempre era preferible la meditación poética que la filosofía. Schweitzer era un hombre del siglo XIX que, como tantos otros, creía ser Victor Hugo (al igual que el propio Victor Hugo, decía Cocteau). Y conocía muy bien –señala el nieto, tomando el título de una pequeña obra de Hugo– el arte de ser un abuelo.

En 1912, el pequeño Jean-Paul, con solo siete años, pasó el verano en Arcachon, donde recibía por lo menos tres cartas semanales de su abuelo, todas completamente en verso. Él, entonces, le respondía en verso. Y el hábito quedó forjado, escribe Sartre; el abuelo y el nieto fueron unidos por un nuevo vínculo. Se hablaban, como los indios, como los proxenetas de Montmartre, en un lenguaje vedado para las mujeres, escribe. Me regalaron un diccionario de rimas. Me convertí en un versificador.

Yo escribía imitando, por ceremonia, para poder comportarme como un adulto, escribe Sartre. Yo escribía porque era el nieto de Charles Schweitzer.

Hermann hunde las manos en una parduzca montaña de lentejas.

Por las tardes, el mercado de Nagold ya no es tan concurrido. Los mejores productos, y los más frescos, se venden desde muy temprano en la mañana. Van quedando así las papas más desabridas y blandas, los espárragos menos firmes, los tomates con más golpes y las flores ya marchitas. Mientras que los clientes matutinos llegan buscando calidad, los vespertinos llegan buscando descuento.

Una gallina blanca, encerrada en su propia jaula, picotea suavemente un dedo infantil que penetra por entre la malla de alambres.

–Quítate de allí, chiquilín.

Entre los vendedores, hay un pasillo angosto para que la muchedumbre pueda circular y detenerse ante cualquier puesto y regatear. Por este pasillo deambula Hermann, siguiéndole los pasos a un mendigo apestoso, ignorado; a una bella muchacha; a un huesudo perro callejero que tarde o temprano conseguirá las migajas y limosnas que anda acechando. Lo tunde un olor a sangre, a carne cruda, y Hermann cambia rápido de dirección. Ve a una señora obesa, sentada con las piernas bien abiertas a la par de un rimero de nabos y zanahorias, abanicándose el cuerpo con el encaje de la falda. Cerca, alguien tuesta castañas. Hay ciruelas amontonadas en una cestilla. Fajos de espinacas cubren el suelo, como una enorme manta verde. Alguien le grita, sacudiendo un racimo de uvas rojas en una mano, un racimo de uvas moradas en la otra. Cerdos berrean. Una niña de trenzas le sonríe con picardía y luego sale corriendo hasta refugiarse entre los muslos de su madre. Tres pfennigs. Solo tres pfennigs, le sigue pregonando un viejito reclinado contra un enorme barril, por un cucharón lleno de sidra.

Zumba el mercado como una colmena.

–Hola, Hermann –lo saluda Herr Kleinfeld, parado detrás de un canasto lleno de higos. Y ahí, metido en el canasto, entre tantos higos, Hermann descubre al duende, sentado, riéndose a carcajadas mientras llena su morral–. Andas de compras, muchacho. Qué bien. Ayuda a tu madre, Hermann, ayúdala –le dice, dándole un par de fuertes palmadas en la espalda. Pero Hermann ya no escucha más que una risita diabólica.

Con un cigarrillo recién enrollado prensado entre sus labios, Herr Kleinfeld se voltea para pedirle fuego al vendedor que tiene su puesto detrás de él. Un par de segundos: lo que le toma a un hombre cualquiera voltearse, solicitar fuego a un mercader de cebollas, inclinarse, aspirar fuerte y, con un leve gesto de la barbilla, darle las gracias. Solo un par de segundos: lo que le lleva a un chico cualquiera extender ambos brazos, recoger cuantos higos quepan en sus pequeñas manos empolvadas y llevárselos de inmediato a sus bolsillos.

Todo un mundo se construye y destruye en un par de segundos.

No podía dormir. Intenté leer. Roberto Bolaño dice que un libro es la mejor almohada que existe, pero no estoy seguro de entenderle. Encendí el televisor. Viendo un programa medio aburrido sobre los distintos camaleones de Madagascar, pensé en Truman Capote. Entre mis libros, ubiqué con algún esfuerzo una biografía oral del excéntrico novelista cajún, compilada por George Plimpton. En las primeras páginas, Capote admite que empezó a escribir cuando tenía apenas ocho años. Increíble, ocho años. Por obsesión. Escribir era algo que yo tenía que hacer, dice él, y no entiendo exactamente por qué esto debía ser así. Era como si yo fuese una ostra y alguien forzó un gránulo de arena en mi concha, escribe, un gránulo de arena que yo no sabía que estaba allí y que tampoco deseaba mucho. Luego una perla comenzó a formarse alrededor del gránulo, y me irritaba, me enojaba, me torturaba a veces. Pero la ostra no puede evitar obsesionarse con su perla.

Hoy falleció Tito.

Leí en los diarios un par de tributos, unos cuantos reportajes, y eso fue todo para este gran fabulador guatemalteco que ni siquiera fue guatemalteco.

Augusto Monterroso nació en Honduras y murió en México. Pero en Guatemala, a los dieciséis años, se enamoró profundamente de la literatura mientras trabajaba, según él mismo lo cuenta, en una carnicería. Su jefe, Alfonso Sáenz, entre córteme un puyazo y rebáneme un lomito, le obsequiaba libros, obligándolo a leer las obras de Shakespeare, Lord Chesterfield y Victor Hugo. Con su delantal cubierto de sangre, este amable señor fue su Virgilio, sin saberlo, sin querer serlo, embarcando a un joven medio chaparrito en ese largo viaje que lo llevaría más allá del centro de la fábula.

Su primera frase literaria es toda una leyenda.

Ocurrió algunos años más tarde, durante un día lluvioso de septiembre de 1944. Carnicero aprendiz de veintidós años, autodidacta, con ciertas ideas revolucionarias, recorría con frenesí las calles de la capital guatemalteca. Tras haber firmado el «Manifiesto de los 311», que exigía la renuncia del dictador presidencial Jorge Ubico, y de fundar con algunos amigos el periódico político *El Espectador*, la policía local lo andaba persiguiendo por toda la ciudad. Afortunadamente, llevaba con él una brocha y un bote de pintura blanca, y antes de asomarse a las puertas de la embajada mexicana, en donde recibiría asilo político por parte del mismo embajador, logró escribir sobre un muro decrépito de la capital –usando ya algunos de los elementos que años después caracterizarían su estilo narrativo– su primera frase literaria: No me ubico.

Tito y el carnicero jamás se volvieron a ver.

Toda una parte de mi interior ha permanecido dormida hasta ahora, me escribió Hesse, porque al leer esa frase estoy egoístamente convencido (¿hay, acaso, otra forma de estar convencido?) de que la escribió pensando en mí, aunque en realidad estaba haciendo referencia a lo sensualmente bello. No sé cuándo, no sé por qué, lo estético ha despertado en mí a través de una expresión literaria. ¿Habrá estado siempre allí, hibernando en mis entrañas hasta que terminase algún maldito invierno, solo aguardando el momento preciso para manifestarse, solo esperando, como Gustav von Aschenbach, que se apareciera algún bello Tadzio para fortalecer mis alas espirituales y guiarme al mundo de la belleza y a la muerte? No sé, pero así se me antoja creerlo.

El sol ya se ha puesto cuando Hermann empuja la portezuela de su casa. En la cocina están todos sentados con impaciencia alrededor de la mesa, esperándolo mientras observan el humo que despide el enjambre de salchichones blancos y rosados y la montaña de chucrut con tocino y los trozos de papas hervidas.

–Memmerle, ¿adónde vas? –le grita su madre, viéndolo galopar, en tres largos brincos, todas las escaleras.

Hermann no dice nada.

Desde su dormitorio puede escuchar las quejas de Adele, su hermana mayor, quien aprovecha cualquier oportunidad para evidenciar el espíritu libertino y fantasioso de su hermano. Rápido, vacía todo el contenido de sus bolsillos sobre el almohadón de la cama y cuenta once higos. Sonríe nervioso. Los cuenta de nuevo. Once. Resiste las ganas de morder uno y, tierno, sigiloso, los cubre con una vieja frazada de lana.

Su padre, al verlo llegar al comedor, sacude la cabeza con decepción. Johannes ya no sabe qué hacer con su hijo. Por más veces que le ha hablado, castigado, azotado, suplicado que sea respetuoso y puntual con los asuntos familiares, Hermann, su mirada ausente, su silencio obstinado, parece no escucharle. Hace lo que quiere, sin preocuparse de los demás ni de las consecuencias. Aunque el padre aplaude el temperamento escéptico y el carácter espiritual de su hijo –heredados de él–, no sabe cómo manejar su rebeldía.

–Marulla, cariño, las gracias, por favor –le dice Marie a su hija pequeña y, escuchándola rezar, mira detenidamente a Hermann. Así, tranquilo, con los ojos cerrados y las manos en oración, piensa, parece un querubín. Los une el amor por la música y el lenguaje, pero ella no sabe cómo lidiar con la naturaleza porfiada de su hijo. Siempre fue necio. Llegó al mundo un cálido día de julio de 1877, ya necio.

Hermann puede ver, a través del montón de salchichones, el cabello castaño del pequeño Johannes: su hermano menor siempre reza hincado.

Todos comen en silencio, despacio, sin mirarse.

Al terminar, Johannes se retira a su estudio y, cerrando la puerta, enciende su única pipa del día. Adele y Hermann ayudan a su madre con la limpieza. Los dos pequeños dicen buenas noches y suben a prepararse para dormir.

–¿Aún tienes que hacer tu tarea de griego, Memmerle? –le pregunta su madre desde la pila, sus manos mojadas, una pequeña burbuja de jabón sobre la frente. Con

Johannes han decidido que Hermann estudiará teología, al igual que han hecho su padre y su abuelo, para luego seguir una carrera eclesiástica o académica.

–Sí, madre.

–Yo hice mis tareas en la tarde –dice Adele con saña. Hermann le lanza un hechizo y espera verla convertirse en un enorme murciélago.

–¿Imagino que fuiste de nuevo al mercado, hijo?

Mientras barre, Hermann no le responde.

–Sabes que a tu padre no le gusta que te aventures por el bosque cuando tienes tareas pendientes.

–Yo ya hice las mías, madre –repite Adele.

–Tus estudios vienen primero, Hermännle –continúa, su tono suave, melodioso: teme enojarlo–. Luego puedes jugar y brincar por el bosque. Pero primero, ante todo, tus estudios.

–¿También ante Dios, madre?

Marie deja caer un tazón y vuelve la mirada hacia él, furiosa. Está a punto de estallar cuando, de pronto, entra a la cocina su marido, serio, calmado, sosteniendo en sus manos un gran almohadón.

Lo coloca sobre la mesa.

–Hijo, ¿tienes algo que decirnos? –le pregunta, sentándose.

Hermann, agarrando la escoba con más fuerza, se queda callado. Sus ojos empiezan a deambular enloquecidamente por el cuarto.

–Mira aquí, aquí, el almohadón –le ordena su padre–, ¿a quién andas buscando?

–Johannes, ¿qué pasa?

–No sé, Marie. Que nos cuente tu hijo.

Sordo a las insistencias de su padre, Hermann continúa buscándolo.

Johannes, de un tirón, retira la pequeña frazada. Once higos.

–¿Hermann?

Nada.

–¿Hermann?

Y, sin pensarlo, balbucea:

–Me los regaló.

–¿Te los regaló?

–Sí, padre. Me los regaló Herr Kleinfeld.

Pero usted, señor Sabato, ya tenía un doctorado en ciencias físico-matemáticas. Sí, joven, como usted ya tenía un título de ingeniero. Y había trabajado en el Laboratorio Curie, una de las más altas metas a las que puede aspirar un físico. Sí, yo sé, como usted ya trabajaba en construir algunos de los edificios más importantes de su país, ¿no es verdad? Mire, joven, muchos hemos huido del mundo de las ciencias hacia el mundo de las letras. Novalis, Dostoievski, Musil, el mexicano Ibargüengoitia, y tantos otros. ¿Por qué?, difícil saberlo. Un vacío existencial que nos crea la dependencia racional, quizás, no lo sé. Pero también enseñaba usted, señor Sabato, teoría cuántica y relatividad en la Universidad de La Plata. Sí, ese fue mi último deber hacia las personas que me habían dado la beca. Sabato abandona la ciencia por el charlatanismo, dijo el entonces director del Observatorio de Córdoba, a cuyas sierras me había ido a vivir con Matilde y Jorgito, de solo cuatro años. ¿Al rancho? Sí, vivimos en un rancho sin agua corriente ni luz eléctrica, en la localidad de El Pantanillo. Y sentí cierta paz. Fui a los bosques porque deseaba vivir en la meditación, afrontar únicamente los hechos esenciales de la vida. ¿Lo dijo Thoreau? Sí, joven, Thoreau, pues igual me sentía yo. Necesitaba simplificar mis alrededores para poder afrontar la esencia de la vida: el arte. Imagínese, no teníamos ni vidrios en las ventanas y, en ese invierno, soportamos hasta catorce grados bajo cero. Una tarde helada, recuerdo, conocí a un muchacho médico que pasó por allí en camino hacia el resto de Latinoamérica. El Che Guevara, le decían. En fin. Pasé meses aislado, encerrado, y en ese encierro casi monástico escribí *El túnel*, y fue en la oscuridad de ese túnel donde me convertí en escritor.

De noche el sendero parece otro.

Llevan casi media hora caminando hacia Nagold, en silencio, Hermann varios pasos detrás de su padre.

El vivo resplandor del día ha sido velado por una densa negrura. Con dificultad, solo algunos haces de la luna logran colarse entre las turbias redes del follaje y la espesa neblina.

Al volver la vista, Johannes apenas puede percibir la silueta de su hijo. El crujir de las hojas secas, sin embargo, le confirma sus rítmicas pisadas.

¿Dónde estará? Ansioso, Hermann espera verlo en cualquier momento: trotando felizmente ante él, sentado en alguna rama, esperándolo del otro lado de la línea férrea para decirle qué hacer, qué decir, cómo pedirle a su padre que por favor no vayan a la casa de Herr Kleinfeld, que él no le regaló nada, que regresen de inmediato a casa.

Cruza los brazos. Un nudo se le aprieta cada vez más en el pecho. Se detiene. Observa la espalda de su padre alejándose. Piensa que así, visto desde atrás, es tan alto como un gigante. Quedo, Hermann pronuncia un hechizo de auxilio. Nada. Se hinca y lo pronuncia de nuevo, concentrándose aún más y enunciando cada sílaba como lo hace su profesor de griego. Nada. Nadie.

Johannes se ha adelantado bastante antes de percatarse de que, detrás de él, ya no crujen las hojas. Se vuelve nervioso. Encuentra a su hijo de pie, cabizbajo, temblando ligeramente.

Al ver el rostro impávido de su padre, el nudo se deshace en el pecho de Hermann y una pequeña lágrima se desliza en cada mejilla.

Frente a frente, ninguno habla. No hay necesidad.

Desde hace varios meses tengo la idea de escribir un relato sobre la primera gran fiesta de Hemingway: su llegada a París en 1921. Terminé de leer *París era una fiesta* en Barcelona, en Sant Jordi, y me pareció que, durante su primer año en la Ciudad de la Luz, hubo varios momentos clave que lo marcaron profundamente como escritor. Sus influencias principales, digamos. Uno: conocer a Sylvia Beach, la dueña de la librería Shakespeare & Company, quien fue una especie de madrina literaria para él, recomendándole libros y presentándolo al círculo de escritores extranjeros de la Rive gauche. Dos: conocer a Ezra Pound, poeta de poetas radicado en París, con quien trabajaría ciertos aspectos de su escritura (y con quien también boxearía). Tres: conocer a Gertrude Stein, otra gran poeta estadounidense que lo ayudaría a fijar un estilo más libre, más fluido. Cuatro: la famosa pérdida de todos sus manuscritos. Posibles hilos conductores: las cartas de presentación que le dio Sherwood Anderson, el ambiente literario de los cafés parisinos, la marcada metamorfosis que sufrió su estilo durante ese año (mostrarla). Posibles peligros: la cantidad de obra biográfica que se ha escrito sobre Hemingway, no apropiarme correctamente de la atmósfera cultural de París, no encontrar un final apropiado. En fin, por ahora, solo una idea.

El castigo como fuente literaria. Pensando en el desenlace que sufrirá el pequeño Hermann, el cual pronto debo narrar, inmediatamente lo asocio con dos grandes escritores rusos.

Un tribunal militar sentenció a muerte a Fiódor Dostoievski por andar con compañeros socialistas. Ya de pie ante el pelotón de fusilamiento, esperando los disparos, se enteró de que le habían conmutado la pena (años después, a partir de esta experiencia, narraría en *El idiota* lo que se siente estar a punto de ser ejecutado). Pero tuvo que cumplir cuatro años de trabajos forzados en Siberia. Allí aprendí a conocerme de verdad, amigo mío, le dijo a un joven escritor. Aprendí a conocer a Cristo, aprendí a conocer al hombre ruso... Mis mejores ideas se me ocurrieron entonces. ¡Oh, si pudieras ser enviado a cumplir una pena de trabajos forzados!

Por observaciones despectivas hechas sobre Stalin en cartas escritas a un amigo, Alexandr Solzhenitsyn fue destituido como capitán del Ejército Rojo en 1945 y condenado a ocho años de prisión, once con destierro. Su viaje, a través de las cárceles y los campos de prisioneros y las islas de esclavitud y tortura y asesinato dispersas por toda la Unión Soviética, lo impulsó a escribir *Archipiélago Gulag*, en el cual narra la historia de esa oscura época rusa a partir de su propia experiencia, a partir de su propio sufrimiento.

Yo estaba enamorado de Nastassja Kinski. Un amigo la tenía desplegada sobre su cama, semidesnuda y abrazando horizontalmente una enorme pitón. Recuerdo pensar que había algo de inútil en su pose, algo de ambiguo entre morir en las fauces de la serpiente y al mismo tiempo ser penetrada en un tenebroso e inefable acto sexual. Nastassja Kinski. Yo estaba enamorado hasta de su nombre y, sentado en la orilla de la cama de mi amigo mientras la miraba hacia arriba en todo su erótico esplendor, lo solía pronunciar con mi mejor y más claro acento alemán, despacio, quedito, alargando las sílabas hasta que perdiesen todo significado, como un derviche canta sus plegarias, supongo. Casi toda mi adolescencia estuve perdidamente enamorado de Nastassja Kinski, hasta que conocí a Dulcinea y aprendí que el amor no existe.

Pasa sus primeras horas encogido, casi sin moverse, escuchando susurros que van y vienen por las tejas: ratones o cuervos, quizás. Siente hambre, frío. Piensa en gritar, pero su orgullo, firme y obstinado, se interpone. Dice unas palabras mágicas que harán que el tiempo se acelere. Sus manos poco a poco se arriesgan en las tinieblas y encuentran la metálica frialdad de algún objeto, un par de suaves colchones, botas de hule, un banquillo, una caja de cartón llena de cuadernos. Se acuesta en el único espacio disponible del suelo, sus muslos contra el pecho. Duerme por momentos, sin soñar.

Tal vez sería mejor tener un padre bruto, se dice a sí mismo en la soledad del oscuro desván, que uno tan delicado y justo. Hubiese preferido Hermann ser azotado unas cuantas veces que tener que soportar la serenidad y el espíritu de justicia de su padre. Aún no entiende por qué mintió, por qué no pudo confesar su delito, por qué no pidió perdón, por qué se robó esos malditos higos.

Un día entero encerrado en el desván, en tinieblas, para reflexionar sobre sus pecados, comprender la vertiginosa espiral de la mentira y arrepentirse. Antes de que le cerraran la puerta, Hermann sintió la mano de su padre sobre el hombro; lo vio bajar la vista, defraudado, melancólico; y a lo lejos, con la puerta ya cerrándose, lo último que creyó distinguir fue un leve temblor en la fuerte quijada de su padre. Pero en la penumbra, ya solo, era demasiado tarde para abrazarlo y pedirle perdón.

Un ruido le abre los ojos.

Flotando cerca del techo resplandece el duende. Está sonriendo mientras taconea con el índice una sola teja.

Hermann, despacio, con cuidado, se pone de pie sobre el banquillo. Encuentra la misma teja. Está floja. Y de pronto, como un diluvio, la luz solar inunda el desván.

Juega un rato con las botas de hule. Se acomoda sobre los colchones. Aburrido, toma los cuadernos y folletos que están en la polvorienta caja de cartón y empieza a ojear decepcionado todas las historias piadosas de muchachos buenos y obedientes que leen la Biblia y, por lo tanto, son bendecidos por Dios. Está por desentenderse de todo el asunto cuando, debajo de los folletos, en el fondo del cajón, descubre un grueso libro amarillento.

En la primera página, en forma de una lámina, ve el retrato de un bucanero garfiado, con una pata de madera y un sombrío parche negro sobre el ojo izquierdo. Empieza a leer sobre las peripecias y los delitos y los sufrimientos del bandolero alemán. Sus aventuras. Sus hurtos y condenas. Voltea las páginas con incontenible ansiedad hasta que, unas horas más tarde, regresa al inicio y lo empieza a leer todo de nuevo. Está encantado. Una narración, por primera vez en su vida, le ha inspirado un profundo y placentero sosiego. A través del bucanero, se entiende a sí mismo. Y todo, piensa Hermann, tan solo con la palabra escrita.

Reconociendo una pasión hasta entonces oculta, cree escuchar una risita diabólica en el tejado.

II. COMO LA MAREA

Influencias son fuerzas:
circunstancias, personalidades,
irresistibles como la marea.
RAYMOND CARVER

Estaba en una lavandería de Iowa City, leyendo un cuento de Chéjov mientras la ropa de sus hijos daba vueltas en cuatro lavadoras. Se había tenido que apoyar contra una pared; las tres únicas sillas estaban ocupadas. En el techo, un ventilador revolvía y mezclaba el calor veraniego con el de las secadoras. Era finales de agosto de 1964. Estaba sudando. Seguía mareado. Podía escuchar, por encima del vertiginoso ruido de las máquinas, música instrumental de fondo. Una señora, parada frente a él, lo insultó por estar usando cuatro lavadoras a la vez. Él le gritó algo de vuelta y ella se marchó refunfuñando, con sus prendas alborotadas en una vieja caja de cartón.

De tanto en tanto, tomaba el lápiz que mantenía sobre su oreja y escribía unas palabras en la primera página en blanco del libro: pensamientos sueltos, frases, escenas, ideas para desarrollar luego. No recordaba cuándo había decidido volverse escritor. Ni por qué. Pero sin darse cuenta había descartado la posibilidad de escribir una novela. Además de no poder concentrarse por períodos muy largos, creía que los novelistas vivían en un mundo que para ellos tenía sentido. Su mundo, en cambio, era insensato. Se pasaba todo el mes preocupándose por pagar la renta y la manutención de sus hijos. No había tiempo para narraciones largas. Solo escribía textos de una sentada. Poemas. Cuentos. Luego, durante semanas, gustosamente los reescribía diez, quince, veinte veces.

Llevaba más de un año en Iowa City. Debido al puñado de escritos que había logrado publicar en algunas revistas literarias, la Universidad de Iowa le había otorgado una beca para formar parte de su aclamado Writers' Workshop. Y llevaba más de un año allí, refundido en una esquina del aula, participando en silencio.

Cesó la primera lavadora.

Colocó la canasta de plástico rojo al borde de la puertecilla y, con el libro de Chéjov bajo el brazo, de rodillas, sacó los trapos mojados. Hizo lo mismo con las otras tres máquinas, hasta acumular una pequeña montaña de calzoncillos y calcetines y playeras infantiles que emanaba un repugnante vaho de humedad y jabón.

Todas las secadoras estaban ocupadas. Se quedó de pie, leyendo, sudando, la canasta roja entre sus piernas. Debía recoger a sus hijos en menos de una hora.

HALFON: ¿En qué momento empezaste a escribir, Sergio?

RAMÍREZ: Más que a escribir, empecé a dibujar con una tiza en el piso de la tienda de abarrotes de mi padre en Masatepe, Nicaragua, a los cinco años. Eran historias con argumento, efímeras porque la empleada doméstica iba borrándolas con el lampazo detrás de mí. Pero allí, con la cara contra los ladrillos, dejaba volar lejos la imaginación.

HALFON: ¿Algo o alguien que recuerdes influyó en ti?

RAMÍREZ: Mi madre. Quizás no me veía como un escritor de oficio, pero sí como alguien que debía tener la literatura como parte de su vida. A los doce años me indujo a escribir la crónica de un viaje a la playa, «Mis vacaciones en el mar», que se publicó en la revista del colegio. Y a esa misma edad escribí un sketch radial, por el que me gané dos botellas de ron Cañita, mi primer premio literario.

HALFON: Hablas de una crónica que te indujo a escribir, Sergio, pero ¿habrá otros puentes que tu madre te tendió hacia la literatura?

RAMÍREZ: Mi madre fue educada en el Colegio Bautista de Managua, regentado por protestantes estrictos y muy serios. Me parece que esa circunstancia creó un freno selectivo de sus propias lecturas cuando joven, aunque luego, ya yo lejos de la casa, se volviera una lectora voraz y compartiéramos recomendaciones de libros. Recuerdo que una vez, cuando yo tenía catorce años, tomó el libro que yo leía, *Los caminos de la libertad*, de Sartre, y tras hojearlo me dijo que no era recomendable, pero sin prohibírmelo. También la asustaba Vargas Vila, que tenía una fama negra de corrompido.

HALFON: ¿Existe alguna influencia...?

RAMÍREZ: Perdón, Eduardo. No sé por qué olvidé mencionarte que, en aquellos años de adolescencia, un primo de mi madre me dio a leer una copia mecanografiada de *La condesa Gamiani*, un libro de excesos y promiscuidades que años después descubrí era de Alfred de Musset. Mi madre se hubiera horrorizado.

HALFON: ¿Existe alguna influencia paterna, Sergio, en tu literatura?

RAMÍREZ: Mi padre, al contrario, no leía. De él, que era tendero, y de mis tíos músicos, aprendí algo muy valioso para un escritor: el sentido del humor sin recato. Aprendí a reírme de mí mismo, como lo hacían ellos.

HALFON: ¿Logras ubicar el momento en que decidiste dedicarte a las letras?

RAMÍREZ: Cuando a los diecisiete años escribí mi primer cuento, «El estudiante». Desde ese momento supe que terminar un cuento, dándole un cierre, era saberse parte de una cofradía de artistas. Luego, tres años después, salió mi primer libro, *Cuentos*. Era ya un camino sin regreso.

Existe el momento de la primera inspiración literaria. El primer golpe. Como escritor, sospecho que toda persona que decide incursionar en el mundo de las letras debe de tener un momento específico de génesis literaria. Distinto es ubicarlo. Dicho de otro modo: en qué momento una persona se convierte en escritor. Dicho aun de otro modo: en qué momento una persona queda preñada de ese extraño anhelo por narrar, por contar, por escribir, por adoptar las palabras como su forma de expresión y, en ciertos casos, su modus vivendi. Encontrar ese instante y narrarlo. Encontrar el momento preciso en que una persona cualquiera deja de ser una virgen literaria y empieza a hacer el amor con las palabras. O como me dijo un amigo: encontrar el momento en la vida de personas con tan pocas circunstancias propicias en que les pasa un ángel por encima y caen en la literatura.

Esa mañana, sosteniendo la manecilla de la puerta principal, su esposa le había recordado que los niños llevaban ya toda la semana vistiéndose con ropa sucia. Él estaba friendo huevos y tocino, y la ignoró. Maryann tenía razón. Mientras ella fuese la única con un trabajo fijo, Christine y Vance, durante el día, eran responsabilidad suya: bañarlos, vestirlos, alimentarlos, llevarlos, traerlos.

Se habían casado con premura, Raymond de diecinueve, Maryann de dieciséis. Y en menos de un año, sin dinero, sin rumbo, sin ninguna educación formal, ya tenían dos hijos.

–Ray, la ropa, por favor. Te lo he dicho todos los días de esta semana –lo siguió amonestando con la puerta abierta y el rostro cansado. Ella no había dormido bien. No tuvo tiempo para bañarse. Ya corriendo, había desayunado un sorbo del café de su esposo y dos caladas de su cigarrillo. Su atuendo de camarera también estaba sucio.

La tostadora lanzó dos rodajas de pan.

–Tal vez los sacas a almorzar. Te encargo además leche y azúcar. Y Vance necesita un nuevo cepillo de dientes. –Mirando hacia arriba, estaba pensando qué más pedirle. Luego agregó–: Ah, sí, y que no se te olvide pagar la luz.

Continuó cocinando en silencio, quieto, el cigarrillo suspendido precariamente entre los labios. La larga ceniza estaba a punto de caerse sobre el desayuno de sus hijos.

–¿Tienes dinero?

Raymond volvió la mirada, descuidando por un momento la sartén. Vio que un círculo de piel pálida resplandecía a través del pequeño agujero en una de las medias de su esposa. No era que él no quisiese trabajar. En los últimos años había sido conserje, mensajero, mecánico de gasolinera y, en una ocasión, recolector de tulipanes durante el día y barrendero de un estacionamiento durante la noche. Cualquier labor que pusiera comida sobre la mesa. Hasta había considerado, muy brevemente, volverse cobrador de cuentas moratorias. Pero, con o sin trabajo, siempre estaba demasiado ocupado para sentarse a escribir. Añoraba los domingos. Se sentía contento con poder redactar un cuento o algún poema los domingos. Cada tanto, sin embargo, cuando sobraban unos cuantos dólares, alquilaba una habitación en algún motel barato y se escapaba a escribir durante dos o tres días.

–Bueno, entonces los veo en la noche, ¿sí? –les anunció a sus hijos, pero ellos, jugando con el salero y el pimentero, también la ignoraron.

–Despídanse de su madre –dijo al mismo tiempo que ella somató la puerta.

Botó la colilla dentro de su taza de café. En cada plato les sirvió un huevo, un par de tiras de tocino y una rodaja de pan tostado.

–Aún está crudo –se quejó Vance mientras escarbaba la yema con su tenedor.

–Beban agua, no hay leche –dijo y, sentándose, encendió otro cigarrillo. Le pesaban los tragos de la noche anterior.

–Tenemos que estar en el cumpleaños a las tres –le advirtió Christine.

Él tenía los ojos cerrados y la cabeza reclinada hacia atrás. Fingió no haberla oído. Un leve vértigo casi lo vuelca de la silla. Por alguna razón su humor empeoraba los sábados.

–Idiota –le gritó Vance a su hermana mayor, quien le había robado media tira de tocino. Christine le sacó la lengua y pellizcó con fuerza el brazo de su hermano. Vance empezó a llorar.

–Chris, ya basta –ordenó Raymond levantándose y machacando su cigarrillo en el suelo–, me voy a acostar. Limpien cuando hayan terminado.

De lejos, todavía escuchó que sus hijos le dijeron algo que no logró entender. Necesitaba descansar unas horas para sacudirse la resaca. Cerró la puerta de su dormitorio y, sin quitarse las pantuflas, se tendió sobre la cama. Antes de dormirse, por el olor, notó que se había acostado sobre la almohada de Maryann.

Hoy, mientras estaba en la universidad, encontré una nota anónima que alguien había metido en mi bolsón. Decía simplemente: ¿Y Brecht? Creo saber quién la metió en mi bolsón, pero ya que me lo pidieron, los dejaré en el anonimato. Fui a la biblioteca y, husmeando en la única biografía de él que tienen en existencia, me topé con este fragmento poético de Bertolt Brecht:

> Yo crecí como el hijo
> De gente de bien. Mis padres
> Pusieron un collar alrededor de mi cuello y me enseñaron
> El hábito de ser atendido
> Y el arte de dar órdenes. Pero
> Cuando ya había crecido y me percaté de mi situación
> No me agradaba la gente de mi propia clase.
> Y dejé mi propia clase y me uní
> Con la gente común.

La influencia más fuerte en el carácter –y por lo tanto en la obra– de Brecht fue ese poderoso anhelo por estar con la gente común, con el pueblo. ¿Por qué? Según su biógrafo, Martin Esslin, quizás existe una pista en uno de los últimos cuentos que escribió, titulado «La anciana indigna», de que el origen de su carácter revolucionario pudo haber sido su abuela Karoline Brecht. En el cuento, una anciana de setenta y dos años, al enterarse de la muerte de su marido, sorprende a la familia abandonando las comodidades de la burguesía para liberarse y empezar a juntarse con la gente común. Hoy, sin embargo, nadie sabe cuánta realidad hay en esa ficción, ni cuánto de su abuela había en Brecht.

El poeta niño cuenta con cierta petulancia que él nunca aprendió a crear versos, que eso, en él, fue siempre orgánico, natural. Me cuesta creerle, poeta niño, pero si usted lo dice. Y usted así lo dice. ¿Sus primeros versos, poeta niño? Harto temprano. Cree que fue durante una Semana Santa. Explicación, por favor. Enfrente de su casa pasaban las procesiones, y las calles estaban adornadas con, dice, arcos de ramas verdes, palmas de cocoteros, flores de corozo, matas de plátanos, disecadas aves de colores, papel de China picado con mucha labor. Y sobre el suelo se dibujaban alfombras con, dice, aserrín de rojo brasil o cedro, o amarillo mora, con trigo reventado, con hojas, con flores, con desgranada flor de coyol. En la esquina de su casa había un arco, del cual pendía una granada dorada, y al pasar la procesión frente a su casa durante un Domingo de Ramos, esta granada se abría y caía una lluvia de versos, dice el poeta niño. Y también dice que, aunque no los recuerda, él era el autor de esos versos, brotados instintivamente. Instintivamente, dice. Eso dice Rubén Darío, y si uno ha leído sus versos, me parece que hay que creerle. ¿Y alguna influencia, señor Darío? Ninguna, y además dice que gente viajaba desde toda la república y de toda Centroamérica, eso dice, para que él, el poeta niño, les escribiera epitafios. ¿Epitafios? Sí, se acostumbraba entonces imprimir y repartir en los entierros epitafios en los que los deudos lamentaban los fallecimientos, en verso por lo general, dice, y quienes sabían de su rítmico don llegaban a encargarle que pusiese su duelo en estrofas. Por eso, dice, es que todos le decían el poeta niño. Años después, cuando cumplió trece, finalmente aparecieron publicados en un diario los primeros poemas de Rubén Darío.

Raymond soñaba con caballos cuando Christine lo despertó. Situada al pie de la cama, estaba ansiosa. Le explicó que ya era tarde, que llevaba más de diez minutos tratando de despabilarlo, que querían irse a almorzar. Laboriosamente, él se enderezó. Seguía pensando en caballos. Otra vez percibió un ligero vértigo. Agarrándose la cabeza con ambas manos como para que no le estallara, quería gritarle a su hija que lo dejara en paz. Encendió un cigarrillo.

–Papá, es la una de la tarde.

Tosió un par de bocanadas de humo.

–Papá…

–Me tengo que bañar –balbuceó y ella, suspirando con vigor, cruzó los brazos. No se movió. No se movería hasta verlo fuera de la cama.

Bajo el agua tibia de la ducha, podía escuchar los alaridos de su hijo. Pensó que sería mejor no salir del apartamento y quedarse ahí, al lado de una jarrilla de café caliente, escribiendo toda la tarde. Se visualizó a sí mismo solo, en silencio, narrando con soltura en papel tras papel. Mientras duró esa imagen, fue feliz.

El calor era asfixiante. No había nube en el cielo que lo protegiera del sol de mediodía. Varios pasos detrás de sus hijos, caminó despacio hacia el comedor de la esquina. Estaba agotado. Sin ánimo. No quería llegar a ninguna parte.

Apenas le alcanzó el dinero para pagar tres hamburguesas. Tomaron agua. Debía guardar unas cuantas monedas para los demás mandados. Cada vez que sus hijos levantaban la voz, sentía la pulsación de las sílabas en su sien derecha. Pero ponerse a gritar, sin duda, le dolería aún más. Callado, oyéndolos a ellos discutir y pelear, se fumó rápidamente tres cigarrillos. Durante toda la comida, solo sonrió cuando Vance, queriéndose pasar de listo, decidió demostrarle a su hermana que él sí podía beber agua de dos vasos al mismo tiempo. Lloriqueando, se tuvo que quedar con la camisa empapada el resto de la tarde.

Entraron a un almacén. Hizo el cálculo de cuánto dinero necesitaba retener para más tarde, y decidió solo comprar azúcar. Sabía que su esposa le había encargado más víveres, pero no recordaba qué.

A las tres y media llegó con sus hijos a la casa de alguno de sus amiguitos que estaba cumpliendo años. No sabía quién era; solo tenía la dirección garabateada por Maryann en una hoja suelta de papel. Ellos entraron corriendo, sin despedirse. No estaba seguro de a qué hora recogerlos, pero supuso que no antes de las siete.

Se dirigió rumbo a su apartamento. Necesitaba pasar por la canasta de ropa sucia. Caminando, el bolsón de azúcar en una mano, notó que el otro lado de la hoja suelta era el inicio de un poema que había escrito semanas atrás y que había creído traspapelado. Lo leyó varias veces. Arrugándolo en su puño, lo lanzó lejos. Se arrepintió. Con el pasar de las cuadras, sin embargo, lo fue olvidando.

¿Cuándo empecé yo a escribir? No estoy tan seguro. Ese podría ser, entonces, otro enfoque de estas páginas fragmentadas que casi parecen un diario, casi parecen un libro de cuentos, casi parecen una novela, casi parecen una autobiografía. Quizás haya sido más obvio para mis amigos, quizás ellos sí notaron algún cambio en mí. Yo no. Aunque, pensándolo bien, se me ocurre una conversación que tuve con un doctor, hace muchos años, medio adormecido y medio escéptico y con mi rostro muy parecido al de un puercoespín.

Desde niño me gustaba leer, pero no tanto. Estudié ingeniería pensando que uno tenía que escoger una carrera seria, económicamente viable y agente de mi futura seguridad. Una completa ilusión, la seguridad económica. Un fantasma erguido por una sociedad obsesionada con lo material. En fin, siempre leí un poco, siempre escribí un poco, pero jamás se me ocurrió –jamás, entiéndase– que uno podía dedicarle todo su tiempo a la escritura. Me gradué de ingeniero, frustrado. No solo me disgustaba mi profesión, sino que no sabía cuál sí me gustaría ejercer. Pero acaso es un problema generacional que comparten la mayoría de mis amigos y alumnos universitarios. Durante cinco años trabajé en construcción. Me metí en un cubículo de una oficina durante cinco años, supuestamente asegurando mi bienestar económico, mi futuro, mientras mi angustia solo aumentaba. Durante esos cinco años, ahora que lo pienso, leí muy poco y no escribí más que cartas empresariales y memos administrativos. Por razones de salud, entonces, y quizás del azar, inicié un tratamiento de acupuntura. Yo, ingeniero, sistemático, escéptico. De hecho, la acupuntura tal vez inició un proceso que la literatura solo continuaría: el asesinato (o al menos debilitamiento) de la razón. Achaques físicos me obligaron a obviar mi orgullo y acudir con desesperanza a la medicina alternativa. Patadas de ahogado, me diría luego un amigo. Durante la primera consulta, acostado y contándole al doctor acerca de mis frustraciones laborales mientras una docena de agujas me salían del rostro, él me preguntó: Si no la ingeniería, Eduardo, ¿qué quisiera usted hacer? Así, de la nada. En la oscuridad del consultorio, se quedó callado, esperando, y qué bien que esperó. Yo, bocarriba, tratando de olvidar todas las agujas que me punzaban la cara, me quedé mudo. No sabía qué decir. ¿Qué podía responderle, si ni yo mismo sabía? Jamás me había formulado esa pregunta en voz alta, y si de repente aparecía en alguna esquina de mi subconsciente, siempre la ignoraba. Luego sucedió, espontáneamente, casi mecánicamente. Sin pensarlo, sorprendiéndome más que nadie y luego extrañado por aquella palabra que salió de mi boca, balbuceé, quedito, con pena, casi con miedo: Leer, doctor.

Algunas ideas sueltas para un posible cuento sobre los orígenes literarios de Jorge Luis Borges:

1. *Madre*. Leonor Acevedo de Borges, traductora de algunos textos de Hawthorne, Melville, Faulkner y Virginia Woolf. Fue ella, dice Borges, aunque tardé en darme cuenta, quien silenciosa y eficazmente estimuló mi carrera literaria.

2. *Padre*. Jorge Guillermo Borges escribió una novela, publicada en Mallorca en 1921, titulada *El caudillo*. Escribió y destruyó un libro de ensayos, un libro de historias orientales y un drama acerca de un hombre desilusionado por su hijo, *Hacia la nada* (¿posible título para mi cuento?). De él heredó también su ceguera, una extensa biblioteca (Si tuviera que señalar el hecho capital en mi vida, dice Borges, diría la biblioteca de mi padre...) y la convicción de cumplir el destino literario que las circunstancias le habían negado a él, a su padre. Se esperaba, dice, que yo fuera escritor.

3. *Familia paterna*. Juan Crisóstomo Lafinur, tío abuelo de su padre, fue uno de los primeros poetas argentinos. Álvaro Melián Lafinur, primo del padre, era un poeta menor y logró entrar a la Academia Argentina de Letras. Edward Young Halsam, abuelo materno del padre, dirigió uno de los primeros periódicos ingleses en la Argentina, el *Southern Cross*.

4. *Inicios*. Empezó a escribir a los seis años, en cuadernos escolares, imitando a clásicos españoles como Cervantes (¿como Pierre Menard?). Compuso en inglés una especie de manual de mitología griega. Esa, dice Borges, puede haber sido mi primera incursión literaria. A los nueve años, una traducción que hizo de «El príncipe feliz», de Oscar Wilde, fue publicada en *El País*, uno de los diarios de Buenos Aires, pero como la había firmado simplemente Jorge Borges, se supuso que era obra de su padre.

5. *Whitman*. En 1919 fue publicado su primer poema en una revista de Mallorca llamada *Grecia*. En el poema, «Himno del mar», dice Borges, hacía todo lo posible por ser Walt Whitman. En realidad, dice, creía que lo que habían hecho todos los poetas del mundo hasta 1855 había sido conducirnos a Whitman, y que no imitarlo era una prueba de ignorancia.

Inmerso en Chéjov, Raymond no se había dado cuenta de que una secadora estaba disponible hasta que vio a un anciano llenándola.

Cerró el libro y lo mantuvo cerrado un buen rato, vigilando las máquinas con desesperación. Tenía sed. Se limpió la frente con la manga de su camisa. Bajó la vista hacia la montaña de trapos mojados que yacía entre sus piernas y se estremeció al percatarse de que pronto tendría que regresar con su propia ropa, la de Maryann y luego otra vez con la de sus hijos. Se fue a parar ante la ventana. Quería fumar, pero ya no tenía cigarrillos. Con el sol ocultándose, pensó que los días largos de verano estaban terminando. Que ya vendría otoño y después invierno y primavera y otro inaguantable verano. Con pesadumbre, tomó el lápiz y escribió una frase que acababa de leer: «Y de pronto todo se volvió claro para él».

Pudo ver en el reflejo del vidrio que el mismo anciano se había apoderado de otra secadora. Sin voltearse, mantuvo la mirada sobre el espejismo del anciano, notando cómo se agachaba con dificultad, cómo sacudía inútilmente unas playeras blancas. Advirtió que tenía el cabello grisáceo, ralo, y que sus manos temblaban. Lo juzgó funesto. No se fijó en qué momento empezó a recordar a su propio padre. La última vez que había estado con él, justo después del nacimiento de Christine, ya no parecía su padre. Magro, raquítico, deprimido, lo habían tenido que internar. Llevaba años enfermo. Maryann dio a luz en el mismo hospital, un nivel abajo. Cuando Raymond entró a visitarlo, su padre estaba en el sofá con la boca medio abierta, los ojos ausentes, una raída frazada de lana sobre el regazo. Se sentó a su lado. Hablaron de pesca. A su padre le gustaba hablar de pesca. Callaron. Le anunció que ya era abuelo. Después de un minuto, sin verlo, su padre le respondió: Me siento como un abuelo.

Silencio. Otra secadora se había detenido.

Caminó rápido hacia la máquina, empujando con el pie la pesada canasta roja. Consternado, pensó que ahora el sosiego era excesivo. Tenía que esperar treinta segundos: esa era la regla. Si para entonces aún no habían sacado la ropa, él la podría sacar. No quería subir la mirada. Con la mano sintió su frente tibia, húmeda. Se moría por un cigarrillo. Escuchó el vaivén de alguien acercándose. Era una señora obesa. Vieja gorda, se dijo a sí mismo. Ella se agachó y abrió la puertecilla y metió la mano. Él la observó inquieto palpar dos o tres prendas, luego soltarlas, enderezarse y meter una moneda más; la ropa seguía mojada.

En una especie de trance, con Chéjov bajo el brazo, arrastró la canasta de vuelta a su sitio a la par de la pared. No se percató de los dos pequeños calcetines blancos que había dejado tirados en el camino. Una gota de sudor cayó sobre su pecho. Pensó en escribir, pero había perdido el lápiz. Afuera ya estaba oscuro. Eran las ocho de la noche. Sabía que sus hijos lo estarían esperando, que siempre lo estarían esperando.

Hace algún tiempo, siglos quizás, estuve en Madrid con Andrés Trapiello. Vente a mi casa en Conde de Xiquena, me había dicho por teléfono, y luego batallamos un poco por deletrear eso de Xiquena.

Es fácil, se baja del metro en Chueca, me indicó mi amiga guatemalteca que estudia teatro en Madrid y quien aún no puede o no quiere tutearme, luego pregunta por allí y ya, facilito.

Como de costumbre, llegué demasiado temprano. Me fui a tomar un cortado al Café El Espejo, sobre Recoletos, sentado junto a ocho viejitos en corbatas y boinas, tomando cañas y comiendo tostas y rememorando su juventud o la guerra, supongo. Leí algunos cuentos de Roberto Bolaño, pero creo que ni les puse atención. Guardé el libro, pedí un segundo cortado y, con disimulo, envidié al grupo de ocho amigos sin saber exactamente qué les estaba envidiando.

Trapiello me recibió en la puerta. Vestía un pantalón de pana y un chaleco de punto, gris, desde luego. Nos saludamos como dos personajes de una novela que de pronto se conocen en la vida real. Su apartamento se me antojó acogedor, silencioso a pesar de los trabajos de construcción que se llevaban a cabo justo enfrente. Doble vidrio, me explicó. El zaguán de la entrada principal partía el piso en dos: el pasillo derecho conducía a la parte residencial, el pasillo izquierdo desembocaba en su estudio privado. Tomamos el izquierdo, y no me sorprendió ver tantos libros ni su computadora encendida ni el fajo de libretas donde meticulosamente y con una letra pequeñísima lleva su diario, que luego transcribe al *Salón de pasos perdidos*. Sí me sorprendió, sin embargo, ver una cama a la par de su escritorio, y de inmediato me lo imaginé escribiendo con furor durante noches enteras, en camisón y pantuflas, jorobado sobre legajos a la luz de un candil y durmiendo poco, como Balzac.

¿Y qué tal todo?, me preguntó ya sentados en la salita de su estudio. Hablamos de Guatemala. A Andrés siempre le gusta indagar sobre la situación de Guatemala, y yo le respondí lo que siempre le respondo. Un maullido lejano lo obligó a ponerse de pie y abrirle la puerta a un gatito de tres o cuatro meses que corrió adentro y velozmente se posó sobre el regazo de su dueño. Aunque pregunté, no recuerdo cómo se llamaba. Tengo muchos más gatos en el campo, me dijo, pero no entendí de qué campo estaba hablando y tampoco se me ocurrió preguntar. Mientras acariciaba al gatito, Andrés se iba hundiendo cada vez más en su sillón trono, adoptando él también un aire calmoso y casi felino.

Tu apellido, Eduardo, ¿de dónde proviene? Líbano, le dije, mi abuelo era un judío libanés igualito a Alfred Hitchcock. ¿Y tu abuelo materno? Polaco. ¿Judío también? Sí, judío también, y le hablé un poco de Łódź, de Sachsenhausen, de Auschwitz, del boxeador. Mira, hombre, exclamó levantándose a contestar el teléfono, eso o lo escribes tú o lo escribo yo. Espero que lo escriba él.

El gatito se me había trepado encima y estaba lamiendo mis dedos. Nunca imaginé tan áspera la lengua de un gato.

Ustedes, los judíos, nacen con una novela ya escrita bajo el brazo, me dijo Andrés al sentarse. Aún no sé por qué me incomoda tanto hablar del judaísmo; quizás es mejor que no lo sepa. Me pidió que le dijera todos mis apellidos. Buenoshombres le gustó. Quería saber en qué estaba trabajando y traté de explicarle este manuscrito que ni siquiera yo mismo logro descifrar. Creo que no me entendió o tal vez sí. Sonó de nuevo el teléfono y, mientras él atendía la llamada, me puse a curiosear entre los libros que tenía apilados alrededor de su computadora. He olvidado todos menos uno de Martín de Riquer, sobre Cervantes, por supuesto. Perdona, me dijo al colgar, es que harán una exposición de mis obras el año que viene, en Málaga. ¿Obras? Sí, me gusta mucho hacer falsificaciones, como este collage de Picasso, o este otro, comentó señalándome una copia de no sé qué pintor alemán. Luego me mostró unas peculiares cajitas de madera que había fabricado y adornado por dentro con recortes periodísticos, alambres de cobre, fotografías viejas y pequeños ojos de cerámica. Ahora mira esta, y esta, iba diciéndome con el entusiasmo de un niño malcriado. Me confesó que lo entretenía. Yo no pude más que sonreírle.

Andrés me preguntó si tenía tiempo para una caña. Claro, aunque había quedado en juntarme a almorzar con mi amiga guatemalteca y ya iba tarde. Pero los guatemaltecos, razoné, siempre llegan tarde.

Salimos de su edificio y pasamos primero a que Andrés recogiera unas medicinas en la farmacia. Mientras caminábamos, él quería que le hablara más de mi abuelo polaco y de sus experiencias en los distintos campos de concentración. Algo me dijo sobre los orígenes judíos de su esposa. Nos detuvimos a comprar fruta fresca, manzanas y melocotones, creo recordar, y probablemente le hice algún comentario insulso sobre la variedad de fruta en países tropicales. Ya sentados en la barra de no recuerdo qué restaurante de su barrio, Andrés me entregó un papel y me dijo que por favor le escribiera todos mis apellidos y luego los nombres de los campos de concentración que le había mencionado. Ignoro por qué. Luego le solicitó al camarero que nos trajera dos cañas y una canasta de papas fritas. Hablamos de razas y de editoriales y de la soledad del escritor y de ciudades adonde ni locos nos gustaría viajar. Él se tomó el último sorbo de su cerveza, me dio una palmadita en el brazo y se puso de pie. Insisto, y colocó unos billetes sobre el mostrador. Nos despedimos ya en la calle con un apretón de manos que no dejó de parecerme un tanto acelerado –o al menos así lo recuerdo–, prometiendo enviarnos algunas cosas que seguramente jamás enviaríamos.

Caminando deprisa hacia la estación del metro, me puse a pensar en sus cajitas artesanales, hechas todas de retazos y piezas sueltas y sobras tomadas de aquí y allá y ensambladas para aparentar algo nuevo. Igual, supongo, que este extraño manuscrito.

III. UNA ORACIÓN VERDADERA

Lo único que debes hacer es
escribir una oración verdadera.
ERNEST HEMINGWAY

Bueno, aquí estamos, le escribió a Anderson, fumando, acostado. Le gustaba teclear las cartas desde su cama con la Corona negra sobre el regazo. Y nos sentamos afuera del Café du Dôme, muy cerca de La Rotonde, que está en remodelación, le escribió a Anderson, calentados por uno de esos braseros de carbón y hay tanto frío afuera y el brasero lo torna tan cálido y tomamos ponche de ron, caliente, y el ron nos entra como el Espíritu Santo. Punto y aparte, mientras medía sus palabras, mientras fumaba. Cuando es una noche fría en las calles de París y caminamos a casa por la rue Bonaparte, le escribió a Anderson, pensamos en cómo los lobos solían cabizbajarse por la ciudad y en François Villon y en las horcas de Montfaucon. Qué ciudad, le escribió a Anderson. Desde lejos le llegó una sabrosa ráfaga de perfume. Alzó la mirada y encontró el vestido que ella había usado la noche anterior, tendido sobre el respaldo de una silla. Bones está afuera ahora y yo he estado ganando nuestro pan diario con esta máquina de escribir. En un par de días estaremos asentados, le escribió a Anderson, y entonces mandaré las cartas de presentación como zarpando un tropel de barcos.

Acabo de recibir un correo electrónico de Enrique Vila-Matas. Viajo el domingo a Venezuela, a Caracas, me escribe, como jurado del Rómulo, lo que me ha llevado a tener que leer 254 libros. Ahora quedan 40 y al final quedará uno e imagino que yo agotado.

Conocí a Vila-Matas en Barcelona, para Sant Jordi, esa extraña y alocada costumbre catalana de libros y rosas y filas interminables y setenta autores firmando en El Corte Inglés. Acompañado por Esteban Martín, llegué a la librería Laie de la calle Pau Claris, cerca de la plaza de Cataluña, a firmar ejemplares del libro cervantino que recién me había publicado Littera Books. Firmé uno, dicho sea de paso, el de una apenada amiga holandesa. Ni modo. Al llegar nosotros, Vila-Matas ya estaba sentado bajo el pequeño toldo, entre el caos de la muchedumbre, serio, inmóvil, esperando garabatear un enigmático dibujo en los libros de aquellos curiosos transeúntes que lo reconociesen. Impecable y galán, Jorge Herralde rondaba unos cuantos pasos detrás de él. Me acerqué a Vila-Matas y me presenté, breve pero detalladamente, siempre cohibido por su grave aspecto reservado y su mirada intensa que por alguna razón me recordó a la de un tigre. Medio tartamudeando, medio gritando por encima del bullicio, finalmente terminé. Él recibió con sospecha el par de libros míos que le quería obsequiar y se me quedó mirando, perplejo. No le he podido escuchar nada, me dijo, ¿quién es usted?

Hace algunos días, fumando con insomnio a las tres de la madrugada, le escribí a Vila-Matas preguntándole por sus influencias como escritor. Hay dos, por lo menos, según me estoy enterando.

La primera ocurrió cuando él tenía dieciséis años, en un cine barcelonés, el día en que estrenaron la película *La noche*, de Antonioni, con los actores Marcello Mastroianni y Jeanne Moreau. En la pantalla, el galán Mastroianni era y tenía las dos cosas que el entonces joven Vila-Matas quería ser y tener: era un escritor y tenía una mujer estupenda. Empezó a adorar la imagen pública de esos seres extraños a los que llamaban escritores, en especial a Boris Vian, Albert Camus, Scott Fitzgerald y André Malraux; todos, entiendes, me escribió él, por su fotogenia, no por lo que hubiesen escrito. Cuando mi padre me preguntó, entonces, qué quería estudiar (él tenía el callado deseo de que yo quisiera ser abogado), le respondí de inmediato que pensaba ser como Malraux. Quería ser como Malraux. Mi padre guardó silencio. Recuerdo muy bien su cara de estupor. Ser Malraux, me dijo enfadado, confundido, no es una carrera, eso no se estudia en la universidad. Hoy, años después, sé muy bien por qué deseaba ser como Malraux: porque ese escritor, además de tener una expresión de hombre curtido, se había construido una leyenda de aventurero y de hombre no reñido con la vida. Lo que ignoraba era que para ser escritor había que escribir, y escribir bien, algo que requiere valor y, sobre todo, una paciencia infinita, una paciencia que Oscar Wilde definió muy bien. Dijo él que se había pasado toda la mañana corrigiendo las pruebas de uno de sus poemas, y que al final solo paró quitando una coma. Por la tarde, la volvió a colocar.

Otra de las influencias literarias de Vila-Matas, según me acabo de enterar con cierta simpatía, es Ernest Hemingway. Con Vila-Matas comparto el amor por suicidios ejemplares, por lo borgesiano –como él lo llama–, por la escritura sobre la escritura y por Hemingway, especialmente el Hemingway de París. Recién he terminado de escribir, me escribió hoy, *París no se acaba nunca*, novela autobiográfica con título hemingwayano, donde cuento mi experiencia en París a mediados de los años 70, cuando fui a esa ciudad a triunfar, me escribió, porque había leído *París era una fiesta*, libro decisivo para mí. Y para mí también, pienso. Es, en 250 folios, continúa explicándome, la historia del imitador de Hemingway en París.

Para tu novela, me escribió, si ya me permites llamarle novela al embrión que me describes, se me ocurre el caso de García Márquez en Aracataca leyendo a Kafka, en México leyendo a Rulfo, en París sin un centavo escribiendo su obra maestra. También Juan Marsé. Siempre me pareció interesante por qué un tipo tan joven y bruto del barrio del Guinardó cae en algo tan sofisticado como leer novelas y, sobre todo, escribirlas. Ya pensaré en otros.

¿Un ángel literario, entonces? Walter Benjamin dijo que un ángel nos recuerda todo lo que hemos olvidado. Puede ser. Recibe un abrazo de tu incipiente lector.

Hay un zancudo hijueputa que voy a matar, se quejó, batiendo el aire con la mano. Estábamos sentados afuera, en la terraza de la librería Sophos, con un gran rótulo enfrente de nosotros anunciando que el nuevo libro de Harry Potter ya estaba agotado. Era un lunes lluvioso. Horacio Castellanos Moya, puntual como siempre, llegó con el pelo revuelto y luciendo un traje color oliva. Pedimos dos cafés. Yo nací para ser escritor, me contestó de inmediato. No, hombre, qué va, de niño ni siquiera me gustaba leer, mucho menos escribir. Pensaba que eso de los libros eran puras mariconadas que nos enseñaban los hermanos maristas. Pero eso sí, yo nací para ser escritor, repitió dándole pequeños tragos a su café caliente. Hay en mi familia un chorro de tíos y abuelos que fueron poetas frustrados. Un chorro, de ambos lados. Del paterno, tenía un tío periodista que jamás publicó sus poemitas. Se llamaba Jacinto Castellanos Rivas, era el hermano mayor de mi padre, fue amigo de Salarrué y el secretario privado del dictador Martínez. Se terminó suicidando. Ahora, del lado de mi mamá, hay dos. Los poemas de mi abuela, Emma Moya-Posas, aparecen en varias antologías, aunque no son muy buenos. Poemas de señora, medio cursis. ¿Perdón? Así es, mi segundo apellido originalmente es compuesto. Pero el Posas me estorbaba, y entonces lo quité. Pues de ese lado también hay un tío poeta que se suicidó, David Moya-Posas. Todos, poetas frustrados. Soy la tercera generación de frustrados que hace el intento. ¿Que cómo empecé a leer? Se quedó callado, recordando, mientras un grupo de mochileras desfilaba ante nosotros. Mirá, suspiró, a mí lo que me interesaba era la música. Tenía dieciséis años. Medio que le entraba a la guitarra, y con un amigo hacíamos canciones. Me gustaba andar componiendo canciones. De allí conocí la música de gente como Bob Dylan, y su lírica me fascinó. O sea que empecé a entrarle a la poesía a través de canciones. Un vaso con agua, por favor, Baudilio, le dijo al mesero. ¿En qué estaba? Sí, la música. Pero el descubrimiento literario fue el señor Whitman. Seguro. *Hojas de hierba* fue el primer libro que rompió por completo mi esquema escolástico de la literatura. Eso sí me interesaba. Ya no eran aquellas pendejadas que leíamos en la escuela. De allí pasé a Henry Miller. Qué hijueputa. *Primavera negra*. Otro gran libro que me marcó. También el diario de Pavese. El tremendo Dostoievski. Y hay más, por supuesto. ¿Qué? ¿Un momento específico querés? ¿Uno solo? Castellanos Moya abrió los ojos, como si eso lo ayudase a ver en el pasado, y con ambas manos se alborotó aún más la melena. Endiablado, me sonrió. Te diría que yo me convertí en escritor el día que vendí mi guitarra para poder comprarme una máquina de escribir. Ese día entré yo a la literatura. Ese fue mi momento, seguro. Todavía recuerdo aquel mamotreto negro, Royal, creo que era la marca. Y empecé a escribir poemas y más poemas, pasé tres o cuatro años escribiendo solo poemas antes de entrarle a la narrativa. Ah, gracias, Baudilio. Descansando, tomó un largo trago de agua. Me preguntó si ya me había dado la dirección en Blanes que le pedí y subió las cejas cuando le mostré el papelito arrugado. Bueno, ¿me das un aventón al periódico?

Empujó la puerta y dos campanitas tintinearon. Adentro se sintió en casa. Ese aroma siempre lo hacía sentirse en casa. Se quedó quieto, de pie, atónito, como ante un minucioso lienzo de Renoir: solo observando los detalles. Las repisas estaban colmadas de libros. Daguerrotipos de autores adornaban la pared del fondo. Podía distinguir, sobre un escritorio, las portadas de algunas revistas literarias: *The English Review*, *Chap Book*, *Gargoyle*, *Dial*, *The Times Literary Supplement*. Alrededor de una mesa oscura, mirándolo, una pareja fumaba en silencio. Es ella, pensó. Se quitó los guantes y sacó la carta del bolsillo interior de su saco. Llevaba menos de una semana en París, pero dentro de la famosa librería de Sylvia Beach en la rue de l'Odéon, y sin haber escrito más que un puñado de poemas y artículos periodísticos, se creyó todo un escritor.

–Bonjour.

Sonrió. Aún no hablaba ni una palabra de francés. Le entregó la carta.

–Ah, de Sherwood…

Mientras ella leía, él se mantuvo parado, observando al hombre fumar en pequeñas y rápidas inhalaciones, escuchando el crujir de los leños en la chimenea.

–Pues bienvenido. Por favor, siéntese –y le señaló un banquillo–. Mira, James, es una carta de Sherwood. Seguiremos con las correcciones después, ¿te parece?

Se sentó, colocando guantes y bufanda sobre la mesa.

–¿Le ofrezco un café, Ernest?

–Sí, gracias.

–¿James?

–No, estoy bien, querida –con evidente acento irlandés.

Sylvia cogió una tacita blanca del azafate y vertió en ella un breve chorro de café. A Ernest de inmediato le pareció simpática, quizás debido a sus grandes y vivaces ojos pardos, a su corto cabello ondulado, a sus facciones fuertemente esculpidas.

–Hemingway, ¿verdad?

–Así es.

–No me suena. No creo haber leído nada suyo.

–He publicado muy poco –admitió.

Un año en París, eso se había prometido, un año en París para poder dedicarse por completo a su escritura.

–¿Poemas?

–Sí, algunos. Más periodismo.

–¿Hace cuánto está usted en París?

–Una semana, más o menos.

–¿Solo?

–No. Con mi esposa, Hadley. Llegamos a Cherbourg el 21 de diciembre.

–Y ¿qué le parece?

–Bien.

–¿Bien?

–Sí, bien.

–¿Y dónde se están hospedando?

–Por el momento, en el Hotel Jacob et l'Angleterre.

–Claro, el favorito de Anderson. Sherwood siempre tiene a sus chiquillos siguiéndole las huellas. No me extrañaría que ustedes estén durmiendo en su misma habitación –con ternura–. Entonces ya fueron, me imagino, al Café du Dôme y La Rotonde.

–Al Café du Dôme sí. Pero La Rotonde está cerrado.

–Remodelación, querida –intervino el irlandés, que había permanecido en silencio, fumando con una mano mientras con la otra acariciaba la primera página de un enorme manuscrito.

–Montparnasse está cambiando, James –suspiró ella.

–El dinero de les americanes, ma chérie –tendiéndole un cigarrillo ya encendido.

–Supongo.

–¿Fumas, Ernest?

–Gracias –y aceptó uno.

–Bueno, mi querido Hemingway –empezó ella emanando un denso velo de tabaco–, le explicaré cómo funciona Shakespeare & Company. ¿Le parece? Muy bien. Además de vender libros, también los prestamos.

Aburrido, el irlandés se paró y se puso a husmear en las repisas.

–Son diez francos por la membresía.

–Diez.

–Luego, los miembros pueden tomar prestados cuantos libros quieran. Uno a la vez, por supuesto.

–Ya no tienes nada de Lawrence, Sylvia.

–Claro, uno a la vez.

–¿Nada?, ¿estás seguro?

–Seguro. ¿Quizás tendrá algo Adrienne?

–No sé. Le preguntaré esta noche. En fin, Hemingway, ¿le parece bien?

–Sí.

–Solo debe usted llenarme una ficha.

–De acuerdo.

–La ficha servirá para llevar un control de sus préstamos.

–¿Y los de mi esposa también, supongo?

–Ah, ¿lee ella?

–Tal vez más que yo –sonrió, orgulloso.

Sonaron las campanitas. Poniéndose de pie, Sylvia se excusó. Adelante, por supuesto. Sí, claro, que él no tenía ninguna prisa. Gracias, que lo ojearía un poco.

Ernest apuró el café de un trago. Cogió el número de *Le Figaro* que Sylvia le había entregado y, sin entender nada, empezó a leer los encabezados, los titulares, los anuncios. Creía que la mejor manera de aprender francés era leyendo los periódicos.

–¿Quieres más café?

–Gracias.

El irlandés se sentó frente a él y, durante unos minutos, ambos se mantuvieron en silencio, fumando.

–¿Vives cerca?

–Arriba.

–¿Aquí mismo?

–Sí.

–¿También trabajas aquí, entonces?

–Más o menos.

–¿Entonces tú y Sylvia...?

–No, no –risas–, vivo con Nora, mi mujer.

Por el sonido de la caja registradora, entendieron que se había vendido algo.

–¿Tuyo? –le preguntó de pronto Ernest, señalando con la quijada el manuscrito.

–Sí.

–Au revoir. Merci.

–¿Novela?

–Disculpen, señores –regresó Sylvia.

–¿Vendiste algo bueno, querida?

–Nada tuyo, James.

–¿Ha publicado usted algo? –preguntó Ernest con entusiasmo.

–Vamos, Hemingway –se burló ella yendo hacia una estantería–, ¿acaso no conoce los cuentos de este señor?

Le colocó enfrente un pequeño libro pardo con letras rojas, encuadernado rústicamente.

–Esta tiene que ser, mi querido joven, su primera lectura en París –agregó ella y James, incómodo, encendió otro cigarrillo con la colilla del anterior.

Sintiéndose jovial, Hemingway salió de Shakespeare & Company con varios libros bajo el brazo. Las calles de París le parecían ahora diferentes, más conocidas.

El dinero solo le había alcanzado para comprar un libro, el del irlandés, pero Sylvia le permitió tomar prestados otros, sin cobrarle los diez francos de la membresía, por supuesto, y obviando su regla de uno a la vez. Que no se preocupara. Que además le sugería empezar de inmediato con los rusos, le había dicho su nueva amiga mientras le alcanzaba una vieja copia de Turguénev y otra de Dostoievski. Pensó en pasar al Café du Dôme. Tenía ganas de leer un poco antes de regresar al hotel y al calor de su esposa. Tenía ganas de una ginebra.

Tras algunas súplicas, y explicándole con tacto que yo también me encontraba en pleno proceso de escribir sobre el Hemingway parisino, hoy recibí el inicio –el arranque, le llama él– de la novela autobiográfica de Vila-Matas en París. Es mi novela, me escribió, sobre los dos años que pasé en esa ciudad (hacia 1975) en una buhardilla que me alquiló madame Marguerite Duras. Escribir es intentar saber qué escribiríamos si escribiésemos, me encanta esa paradójica definición que usa mi amiga. En fin. Si te sirve de algo mi novela, puedes utilizarla para la tuya. Podrías combinar mis recuerdos de Antonioni con los del imitador de Hemingway en París, y así tendrías dos versiones, lo que confirma que la verdad no necesariamente es lo contrario de la ficción. Recibe un abrazo más de tu camarada hemingwayano.

No me gusta leer literatura en una pantalla. Ni siquiera la mía. A pesar de fuertes argumentos ecológicos y válidas justificaciones conservacionistas, sigo enamorado de la palabra impresa, no iluminada. Mientras la vieja máquina imprimía paulatinamente las hojas, me preparé un café y le devolví la llamada a mi hermano para almorzar juntos más tarde en Antigua.

Fui a Key West, Florida, empieza la novela, y me inscribí en la edición de este año del tradicional concurso de dobles del escritor Ernest Hemingway. Genial, bárbara la idea de Vila-Matas: unos estilísticamente, otros corporalmente, unos sabiéndolo y otros no, pero todos, en algún momento del proceso narrativo, somos imitadores de Hemingway. Así de fuerte, pienso yo, es su legado literario. La competición tuvo lugar en Sloppy Joe's, continúa el primer párrafo de la novela, el bar favorito del escritor cuando vivía en Key West, en el extremo sur de Florida. No es necesario decir que presentarse a ese concurso –repleto de hombres robustos, de mediana edad y con poblada barba canosa, idénticos todos a Hemingway, idénticos incluso en su vertiente más estúpida– es una experiencia única.

El narrador de la novela, que puede o no ser Vila-Matas, prosigue explicando que lleva no sabe cuántos años bebiendo y engordando y creyendo –en contra de la opinión de su mujer y de sus amigos– que cada vez se parece más a su ídolo de juventud, a Hemingway. Como nadie le ha dado nunca la razón en esto y él tiene un carácter más bien fuerte, quiso ofrecerles una lección a todos, y provisto de una barba postiza –que pensó mejoraría su parecido con Hemingway–, se presentó ese verano al concurso.

Terminé de leer el primer capítulo y la mitad del segundo, todo lo que me mandó Vila-Matas, y quedé deseando leer más sobre este otro –y quizás más sincero– imitador de Hemingway.

Ya sin café, ante la pantalla en blanco, sigo dándole vueltas a la enorme y melenuda figura de Ezra Pound. Sea influenciado por tantos grandes artistas como pueda, leo que escribió Pound, pero tenga usted la decencia de o atribuir la deuda abiertamente, o de tratar de esconderla. Fascinante, pero aún no sé por dónde entrarle, desde qué punto narrarlo. A veces, en los albores de la escritura de un relato, me siento como un tiburón rodeando con furia a su presa, tratando de detectar las zonas vulnerables que me permitirán apropiarme de ella, consumirla con palabras, por así decirlo. Y más veces de las que me gustaría admitir, la presa se me escapa, se escabulle de vuelta al oceánico silencio. La mejor novela es tal vez aquella que nunca se logró escribir. ¿Lo habrá dicho alguien? En fin. Yo encontré lo mío en los otros, escribió Vila-Matas en no recuerdo cuál de sus libros o entrevistas, llegando después de ellos, acompañándoles primero y emancipándome después. Quizás sería más fácil, entonces, pienso mientras admiro una de las últimas fotos que se le hayan tomado a Hemingway antes de que se suicidara, comprarme una buena barba postiza.

–¿Irás a trabajar, Tatie?

–Sí, mi amor.

–¿Al Café des Amateurs?

–Sí.

–Tu impermeable.

–Gracias, Bones.

–¿Vuelves temprano?

–Antes que anochezca, prometo.

–¿Un beso, mi cachorrito?

Durante los primeros días de enero, Ernest y Hadley se habían mudado al Quartier latin. Con la ayuda de Lewis Galantière, un conocido de Anderson, hallaron un pequeño apartamento en la rue de Cardinal Lemoine, muy cerca de la place de la Contrescarpe. Simple. Nada aparatoso. Doscientos cincuenta francos al mes. La pieza estaba en el cuarto nivel de un edificio sin ascensor. Contaba con dos habitaciones, cocineta añadida y, tras unas puertas plegadizas, un baño tipo turco: dos agarradores y un cráter metálico en el suelo con un diámetro de cuatro pulgadas. Con la ventana abierta podían escuchar los acordeones y los gritos de los borrachos del bal musette situado justo abajo. No había una estación de metro próxima; el único medio de transporte accesible era el autobús verde que merodeaba por allí. Pero no le importaba. Estaba en el Quartier latin, en la Rive gauche, a dos cuadras del Panthéon y de las tumbas de Voltaire y Rousseau y Hugo y Zola.

Caminó despacio, bajo una lluvia fina. Las calles mojadas lucían negras. Con los cuellos de sus gabardinas elevados y sus manos enfundadas en los bolsillos, los parisinos le parecían tristes y melancólicos. Cruzó el boulevard Saint-Germain. En la esquina, oliendo el dulce tueste de las castañas, paró a comprar un periódico. Se le acercó un pequeño perro, calado y tiritando. El vendedor, dándole su vuelto, le dijo algo en francés que no entendió. Mientras atravesaba la place Saint-Michel, pensó en los intensos inviernos de Oak Park, en todos los días ventosos como este que había pasado deambulando por las calles de Chicago, cazando por los bosques de Horton Bay. Húmedo y contento, entró al Café des Amateurs.

Era un lugar placentero, limpio y bien iluminado. Para secarlos un poco, colgó su abrigo impermeable y su viejo sombrero de fieltro en unos ganchos de madera. Escogió una mesa próxima al gran ventanal, por el movimiento de transeúntes, por la luz. Ordenó un café con leche. Del bolsillo de su saco tomó un cuadernillo azul y lo abrió sobre el frío mármol de la mesa.

–Voilà. Café au lait, monsieur.

–Merci.

Una señorita vestida de negro, desde la barra, le coqueteó.

El café estaba fuerte y caliente. Se bebió la mitad de un trago. Cogió el lápiz y escribió una sola palabra como encabezado. Michigan. Es curioso, pensó, estoy en París y se me antoja escribir sobre Michigan; tal vez cuando sea viejo y ya no esté en esta ciudad se me antoje escribir sobre ella. Un herrero, bigotudo, manos grandes. Que no parece herrero. Como era un día frío y lluvioso, lo ubicó en un día frío y lluvioso. Esto se llama trasplantarse, se dijo a sí mismo. Antebrazos velludos, pálidos. Escribiendo, se terminó el resto del café. Subió la mirada hacia la señorita de negro. Buenas piernas. Un aire de nitidez. Como el herrero estaba bebiendo, él pidió un ron Saint James.

Que gracias y, de inmediato, tomó un sorbo. El líquido viscoso le quemó suavemente el pecho y lo dejó sintiéndose feliz.

Una señora hermosa entró al café. Maquillada y fanfarrona. Se quedó de pie, buscando dónde sentarse. Él la observó. Excitado, quería escribirla, meterla en el relato, en cualquier parte. Pero ya no había sitio, y ella se marchó.

Pidió otro ron. Le sacó punta al lápiz y los rulos de madera se esparcieron sobre el mármol, como bichos castaños.

El relato, ahora, se estaba escribiendo solo. Tenía una aceleración propia, un ritmo autónomo. Él únicamente debía mantenerse allí, tranquilo y al servicio de las palabras. Debía perderse en los intersticios de la historia y dejarla narrarse a sí misma. A lo lejos, percibió vislumbres del desenlace. Se dejó arrastrar. Perdió la noción del tiempo. Olvidó a la señorita de negro. El ron estaba intacto sobre la mesa.

Bajó el lápiz y guardó en su saco el cuadernillo azul. Afuera seguía lloviznando. Le pidió al mesero una docena de portugaises y media jarra de vino blanco. Estaba agotado. Al terminar un cuento siempre se sentía lleno y vacío, triste y contento, como si acabara de hacer el amor.

Le decíamos Rol. Yo tenía tal vez dos años cuando Rolando Pascay se asomó por mi vida y solo el destino bélico de Guatemala se encargaría de separarnos ocho años después. Todavía en su adolescencia, fue contratado por mi papá para que atendiera el jardín, para que hiciera de chofer, de costurero, de carpintero, de albañil, de lo que fuese, por cien dólares al mes. Pero, según mi hermano y yo, su trabajo principal era jugar con nosotros. Era interminable la lista de juegos que nos gozábamos con él por las tardes al volver del colegio, la mayoría de los cuales nacían de nuestra imaginación y siguen siendo los juegos más deslumbrantes y extraños de mi vida (quizás aún más deslumbrantes y extraños que este insólito juego de garabatear historias). No importaba la hora, lo sacábamos de su pequeño dormitorio ubicado en el garaje para que jugara un rato con nosotros. Y él amablemente lo hacía. No recuerdo muchos detalles de esa época, pero en aquellos que sí tengo presentes, siempre, sin falta, está él.

Me llamó hace unos días, después de años de ausencia, para felicitarme por los libros que yo recién había publicado. Hoy en la tarde, entonces, nos reunimos en la pastelería Zúrich. Él se tomó un café con leche, yo me comí tres o cuatro trufas de chocolate. Aún le digo Rol.

En medio de todo lo que hablamos, me contó algo que yo había olvidado por completo; de hecho, aún no lo recuerdo, o sea que debo confiarle que fue así. Mi hermano y yo dormíamos en el mismo cuarto, costumbre que duró quizás demasiado tiempo y de la cual escribí un breve relato que, para bien o para mal o para ambas cosas, anda publicado por allí. Por las noches, según me enteré hoy, pedíamos que Rol entrara a contarnos un cuento. Rol, nadie más. Entonces él subía al segundo nivel y entraba a nuestro cuarto y, acomodándose en el suelo entre las dos camas, empezaba a inventarse alguna historia, casi siempre original. Sin embargo, me dijo, había noches en que yo les empezaba a repetir un cuento anterior, a tratar de contárselo de nuevo. Y mientras que su hermano solo se quedaba callado hasta que yo terminase, usted me interrumpía constantemente cuando yo modificaba, sin darme cuenta, algún detalle de la versión anterior. No me perdonaba ni una. Usted, me dijo sonriendo con la nostalgia de un hermanastro o un tío, jamás olvidaba un cuento. Tomó una de las trufas que yacían en el pequeño azafate de plata. No me sorprendió en absoluto, entonces, farfulló con el trozo de chocolate aún dándole vueltas en la boca, al enterarme de que usted había abandonado la ingeniería para probar suerte como escritor.

Dice Eudora Welty: Escribir relatos de ficción ha despertado en mí un respeto reverencial por todo lo desconocido dentro de una vida humana, y ciertos indicios acerca de dónde buscar las claves, de cómo seguir, de cómo conectar, de cómo encontrar, en medio de una maraña, qué línea clara es la que persiste. Ahí están todos los hilos, todos los cabos: para la memoria, nunca hay nada que se pierde realmente.

Cierto, un ángel nos recuerda todo lo que hemos olvidado.

A las seis y media de la mañana desayuné con un amigo que me había ofrecido, entre otros libros, una breve autobiografía de Mark Twain. Regresé a mi casa, me preparé una infusión de manzanilla y leí el libro, como un rehén de las letras, de una sentada. Con humor, con ternura, habla él de su infancia, de su madre, de sus viajes, del periodismo y de la muerte de Olivia, su esposa. Narra vagamente sus orígenes literarios. Muy vagamente. En el capítulo XXII, dice Twain que su experiencia como escritor comenzó en 1867, cuando su amigo Charles Webb no solo le sugirió que publicara un puñado de relatos, sino que se los organizó y además lo puso en contacto con el editor de Carleton's, pero el señor Carleton se los rechazó con vehemencia. Entonces, el mismo Webb pagó la publicación de un bello librito azul y dorado, usando como título el de uno de los relatos: *La famosa rana saltarina de Calaveras County* (este llegaría a ser el cuento más antologado de Mark Twain). Pasaron veintiún años antes de que el escritor y el señor Carleton se encontraran de nuevo. Yo soy verdaderamente una persona poco importante, le dijo entonces el editor estrechándole la mano con vergüenza, pero tengo un par de notables distinciones a mi favor que me otorgarán la inmortalidad. Rechacé un libro suyo, y por esto me alzo sin competencia como el idiota más grande del siglo XIX.

Eso es todo.

No encontré ningún momento decisivo en su niñez ni en su adolescencia. No menciona a ninguna persona que haya forjado su talento, ni tampoco que lo haya empujado hacia la literatura. Claro, podría yo escribir sobre el periodismo en su vida. También podría hacer una regresión a las aventuras de su infancia, y luego comparar estas con las de Tom Sawyer y Huckleberry Finn, por ejemplo. Podría buscar algo que narrar a partir de todos sus viajes, especialmente aquellos largos y apasionados que hizo por el río Mississippi. En fin, si existe algún primer momento literario, alguna poderosa influencia literaria en la vida de Twain, él no nos la cuenta. Y quizás no la hay. Solo resta, por supuesto, plegarnos al carácter supersticioso de tantos de los personajes que él mismo creó y admitir que, respecto a sus dotes literarias, algo tuvo que ver el cometa Halley, que aún estaba en pleno vuelo el día que Twain nació, y volvió a aparecerse el día que Twain murió.

¿Será posible que algunos escritores hayan solo caído, casi accidentalmente, en el pozo de la literatura? ¿Estaré yo buscando algo demasiado irreal, demasiado hipotético? Tal vez podría decir que el momento del despertar literario de las personas es algo tan ficticio como todo aquello que se pasan la vida tratando de narrar. Tal vez podría decir que este libro o este proyecto es un fracaso, pero mejor no lo digo.

Hemingway lo observaba en silencio: su alborotado pelo rojizo y barba puntiaguda, echado cómodamente en un sillón raído, hablando y bebiendo continuas tazas de té. Llevaba puesto, como Anderson le había anticipado, un saco de terciopelo negro y unos pantalones color de cervatillo. Sus manos no cesaban de moverse. Tras un mes de estarlo visitando, Ezra Pound aún le parecía un tanto arisco, aunque gentil.

–¿Viene Lewis? –lo interrumpió Ernest.

–Creo que sí.

–¿A qué hora?

–Al rato, supongo. Entonces, como te decía, debes leer la tradición.

–¿La tradición?

–Sí, la tradición, así les llamamos con Eliot a ciertos autores indispensables. Homero, Catulo, Ovidio, Chaucer, Dante. Y los poetas metafísicos, en especial a Donne. ¿Los conoces?

–No.

–Hombre. Lecturas necesarias.

–Claro.

–Los símbolos, Ernest. Todos ellos te ayudarán a entender que los símbolos de un texto literario deben primero ser objetos, su función simbólica no debe obstruir su función como objetos. Un águila debe ser un águila, antes de ser un símbolo de algo más. El simbolismo nacerá luego, por sí solo.

Un caótico óleo de Picabia descansaba sobre una repisa. Había otro de Wyndham Lewis colgado en la pared, rodeado por varias de las acuarelas de Dorothy, la esposa de Pound, quien siempre se las arreglaba para esfumarse de inmediato. Sobre un gran pedestal negro, la cabeza de Pound brillaba en bronce.

–¿Te gusta?

–No sé.

–Es del escultor Gaudier-Brzeska.

–No lo conozco.

–Un regalo –se sirvió más té y cambió de postura–. Luego, podrás leer a Flaubert y a Stendhal. A ver. *Rojo y negro*, completo, por favor. La primera mitad de *La cartuja de Parma*. Luego *Madame Bovary*, *La educación sentimental*, *Tres historias*, *Bouvard y Pécuchet*. En Flaubert notarás un estilo distante, irónico, preciso. En Stendhal, cómo tratar el movimiento panorámico, muy importante. Dime, ¿visitaste ya a doña Gertrude?

–Aún no. Pero ya mandé la carta.

–¿Sabes lo de la silla?

–¿Qué silla?

–¿No lo sabes?

–No.

–Mejor que te lo cuente ella.

–¿Y Lewis?

–Sí, que te lo cuente ella.

–¿Traerá Lewis sus propios guantes?

–No lo sé, hombre. Qué importa. Entonces, como te estaba diciendo, después de esta inoculación, podrás exponerte sin miedo a la literatura moderna.

–¿Moderna?

–Henry James, por ejemplo. Léelo con cuidado, especialmente sus diálogos. Es interesante cómo las palabras de los personajes no comunican ningún sentido. Este hay que buscarlo en lo que ellos no dicen. En los silencios. Entre líneas.

Hemingway, un poco ansioso por empezar las peleas, se quedó callado. Aunque revelador, el ditirambo de Pound parecía no terminar nunca. Brincaba de un tema a otro. Se contradecía. Hablaba de la literatura como si fuese un evangelio, lleno de verdades y máximas y enigmáticas parábolas que Ernest prefería dejar como tales.

–La única moralidad de la escritura es la exactitud fundamental de la frase.

Luego:

–Jamás uses palabras superfluas.

Luego:

–Revisión, Ernest, hay que revisar mucho. Pero que la acción hable por sí misma –alguien tocó la puerta y Pound, levantándose, reanudó sin parpadear–: que las imágenes comuniquen el sentido. Solo las imágenes. Pero, sobre todo, Ernest, revisión y más revisión. Vaya, Wyndham –se abrazaron.

A Hemingway le pareció que Wyndham Lewis, con su ancho sombrero negro y sus guantes blancos, se vestía como un personaje de *La bohème*.

–Hemingway, Lewis.

–Hola.

–Finalmente nos conocemos. Ezra me ha hablado muy bien de ti.

–Siéntate, hombre.

–Qué viento, eh.

–¿Tomas algo?

–Una pizca de kirsch, Ezra, gracias. ¿A que no sabes a quién me encontré en el Closerie des Lilas? –y sin esperar una respuesta–: a tu amigo Hueffer.

–¿En serio?

–Allí estaba.

–¿Quién, Ezra?

–Con una tipa.

–Ford. O, como a él le gusta llamarse, Ford Madox Ford.

–Guapa la tipa.

–Tu kirsch, monsieur. A él, Ernest, a Ford, debes tratarlo bien.

–Merci beaucoup.

–¿Sí?

–Sí. Un poco mentiroso, pero solo cuando está cansado. ¿No crees, Wyndham? Es un buen escritor, a pesar de todo.

–¿A pesar de qué?

–Problemas domésticos –respondió Lewis, quien luego continuó enumerando a todos los artistas y escritores que había visto por París en los últimos días. Hemingway, escuchándolo hablar de gente para él desconocida, pensó que tenía cara de sapo. Sus ojos le parecían los de un violador fracasado. Nunca había visto a un hombre más desagradable. No malo, sino desagradable.

–Bueno, Ernest –dijo Ezra aplaudiendo una sola vez–, empezamos.

Ansioso, Hemingway se puso de pie. Se quitó el saco lentamente y subió las mangas de su camisa. Caminó hacia un pequeño maletín que había dejado sobre la mesa y sacó un par de guantes de cuero marrón. Se los lanzó a Pound. Tomó un segundo par y, sonriéndole con picardía, empezó a ponérselos.

–Yo solo observaré.

–Vamos, Lewis, ¿no tendrás miedo?

–Qué va –dijo, echándose en el sillón raído que había desocupado su anfitrión, y cruzando los brazos.

A media sala, Hemingway y Pound empezaron a boxear. Acércate. Que te acerques, te digo. Ernest le estaba tratando de enseñar movimientos básicos. Le decía que usase más la izquierda, así, así, la izquierda, mete la izquierda, métela, que moviese las piernas con rapidez, rápido, vamos, hombre, agáchate, bien, ahora dobla las rodillas, que las dobles. Pound, como un niño frenético, lo perseguía alrededor de los muebles. Botó unos libros y luego las piezas de ajedrez. Entraba con la quijada expuesta. Mugía y gritaba obscenidades. Sígueme con la derecha, así es, más fuerte. Protégete. Hemingway lo hacía retroceder hasta topar con la mesa. Lo esquivaba. Quería que Pound se luciera ante Lewis, pero Pound, a pesar de su buena voluntad, tenía que tomar un poco de aire cada dos o tres minutos. Espérame. Para, para. Un descansito. Y mientras él recuperaba el aliento, Ernest sombreaba consigo mismo para sudar aunque fuera un poco. Listo. Con dificultad, Pound seguía lanzando derechazos que Ernest desviaba fácilmente, como moscas. ¿Ya basta? Iban a detenerse, pero Lewis, riéndose, no los dejó. Quería ver más. Era obvio para Hemingway que el pintor, en toda su asquerosidad, quería presenciar al menos un brote de sangre.

–La próxima vez –le dijo Pound mientras, aún jadeando, se secaba la nuca con una toalla– mejor jugamos un partido de tenis.

Sí, disculpa, fue error mío el que recibieras a medias el segundo capítulo, me escribió hoy Vila-Matas. Es que soy muy tímido. En realidad me gustaría escribir como toca Miles Davis, de espaldas al público. Dentro de unas horas salgo ya para Caracas. Saludos.

Me acabo de enterar, mientras navegaba en aguas virtuales, de que Norman Mailer escribió un cuento titulado «Boxeando contra Hemingway».

Aprender a escribir requiere, entre otras cosas, una voluntad empedernida. Hay que ser un poco terco para empezar a penetrar en el dominio de las palabras. Qué digo: hay que ser bastante terco. Pero la mayor suerte que puede tener una persona que quiere volverse escritor es, creo, encontrar ayuda. Hemingway la encontró en Anderson, en Pound, en Stein. Carver le atribuye su formación literaria –además de a sus hijos, por supuesto– a John Gardner, su primer maestro, quien por su vestuario, señala Carver, más que escritor, parecía un agente del FBI. Recuerdo que Ricardo Piglia habla de un tal Ratliff que tuvo la suerte de conocer en su adolescencia. Yo me tropecé con esa misma suerte, dos veces.

Ernesto Loukota es un tipo que mide sus palabras. Primero fue mi catedrático en varios cursos de Filosofía, luego yo fui su auxiliar en algunos cursos de Lógica Informal. Que yo terminara en la docencia es culpa suya. También lo es, en cierta medida, que yo aprendiera a escribir. Los primeros cuentos que le enseñé eran patéticos, comunes, por no decir miserables, pero eso yo aún no lo sabía. Recuerdo uno que escribí en París (para mí, el solo hecho de haberlo escrito en París lo clasificaba ya como un buen cuento), sobre un señor que se levantaba en la mañana con sabor a ajo en la boca, y así pasaba todo el día, un día larguísimo, de quince cuartillas, hasta vomitar. Las palabras de Loukota tras leerlo las tengo todavía memorizadas: ¿Valdrá la pena tanto esfuerzo para un resultado como este? ¿Estás seguro de que querés seguir escribiendo? Sí, estoy seguro. Bueno, entonces a partir de mañana me vas a escribir un relato de tres líneas sobre el tema que yo escoja. Solo tres líneas. Y así lo hice. Religiosamente, le empecé a entregar relatos breves, de tres líneas, luego de cinco, luego de media página, luego de una página completa, hasta llegar, meses después, a una novela corta. Paso por paso, me fue instruyendo. Ernesto Loukota me había obligado a iniciar donde se debe iniciar: desde cero, o casi cero.

Un taller literario puede ser –y en países como Guatemala tiende a serlo– de solo dos integrantes. Al doctor Oswaldo Salazar de León, doctor en Filosofía, aclaro, también lo conocí gracias al ambiente universitario. Entre clases y sesiones, y cuando coincidiésemos, nos reuníamos en su pequeña oficina, que a mí más me parecía un solemne santuario de letras. En tres años bajo su tutela informal, primero me enseñó a leer ordenadamente, sugiriéndome libros y autores que yo, a pesar de mis estudios literarios, desconocía; luego me ayudó a entender aquello que dice Truman Capote acerca de los inicios del proceso de la escritura. Al principio, dice Capote, fue muy divertido. Dejó de serlo cuando descubrí la diferencia entre escribir bien y escribir mal; y luego hice otro descubrimiento más alarmante todavía: la diferencia entre escribir bien y el arte verdadero; es sutil pero brutal. Eso dice Capote. Eso me enseñó Salazar.

Creo que los primeros intentos míos que Oswaldo Salazar revisó fueron unas breves prosopopeyas con un mal aire monterrosiano. Clichés, en su mayoría. Desde entonces, su crítica fue –para usar las mismas palabras de Capote– sutil pero brutal. Solía señalarme primero los logros, qué estaba haciendo bien, porque todo escrito, si se busca lo suficiente, tiene por lo menos un aspecto favorable. Luego, con tacto, con fundamento, me mostraba todo aquello que pudiese mejorar. Quizás la característica del doctor Salazar que más me ayudó (y me sigue ayudando) fue su despiadada pero cortés exigencia.

La ingenuidad. El mayor obstáculo que estos dos señores me ayudaron a reconocer fue el terrible demonio de la ingenuidad literaria. Igual que un bebé, cuando yo empecé a escribir estaba gateando hacia una cuna de lugares comunes. Sin darme cuenta. Vencer esa ingenuidad es, en las palabras de Capote, encontrar el arte verdadero. Saber escribir no es lo mismo que escribir bien; saber las reglas de la escritura, de poco sirve para lograr escribir con arte. El oficio de escribir se torna difícil y arduo y doloroso cuando uno por fin entiende esto. O quién sabe, tal vez entender esto no tiene nada que ver con el oficio de escribir.

Desde la cama, leyendo desnudo, lanzaba cáscaras de mandarina hacia las llamas. Ramitas de pino y boulets ardían color azafrán. El humo de su Gauloises se elevaba en espirales. En el suelo, a su alcance, había un cenicero lleno de colillas, una botella de vino y un chato de vidrio. Hadley estaba en ropa interior, tocando una sonata en el piano y tarareándola a la vez. Pálida. De espaldas a él. Su elegante cabellera castaña le llegaba casi hasta la cintura. Largos, ligeros sus brazos. Los tres pedales de hierro helaban sus pies. Sobre la tapadera del piano, una bandeja contenía los restos de una rueda de brie. Pequeñas gotas de condensación descendían por la ventana empañada, dejando tras de sí finas estrías verticales. En el sillar, una paloma blanca gorjeaba. Olía a café, a sudor, a sexo. Un fulgor tenue emanaba del quinqué. El periódico estaba desparramado en el suelo. Un charquito crecía alrededor de la sombrilla, húmeda, medio abierta, recostada contra la pared. De la Corona surgía un folio de papel. A la par había dos lápices, un gran rimero de páginas en blanco, una botella de vodka, tres carpetas: manuscritos a mano en una, manuscritos a máquina en otra, copias carbón en la tercera. Bocetos de París, algunos cuentos terminados, poemas y los inicios de una novela sobre la guerra.

Lejos, como desde otro mundo, se escuchaban los golpes del bombeo nocturno de las cloacas.

Volví a leer –por tercera vez– las cincuenta primeras páginas de la biografía de Katherine Mansfield, buscando una pequeña ventana por donde ingresar a sus orígenes literarios. Da la impresión de que ella simplemente nació con pluma en mano. Desde niña, ya sabía escribir. Ganó su primer premio literario a los ocho años. Empezó a publicar artículos en los periódicos escolares a partir de los nueve. Y ya nunca paró. Dice su biógrafo que la mayor influencia en sus escritos la ejerció su país, Nueva Zelanda, pero eso a mí no me sirve de mucho. ¿Entonces? Nada puedo hacer para ubicar algún momento clave en la vida de esta gran escritora, aparte, claro, de su extraordinario nacimiento: Katherine Mansfield nació sobre una falla tectónica.

Otro pedacito más de este ambiguo e interminable rompecabezas.

Me pregunto: ¿habrá aquí una historia? Cuanto más avanzo con este libro que ya ni siquiera sé qué es, más me doy cuenta del peligro que corre convertirse, como uno de esos edredones norteamericanos, en un mejunje fragmentario de retazos sueltos. No sé si los atraviesa una historia, o si la historia con que creo estarlos uniendo es un mero artificio, un truco barato. (De algún lado aterriza en mi memoria la «Noticia» que Mark Twain colocó al inicio de *Huckleberry Finn*: Las personas que quieran encontrarle un motivo a esta narrativa serán procesadas; las personas que quieran encontrarle una moral serán desaparecidas; las personas que quieran encontrarle una trama serán baleadas). Paso mis mañanas buscando con frenesí influencias literarias, y hasta a veces, desesperado, termino inventándomelas. Cuando la ansiedad aumenta me preparo un espresso o busco otro cigarrillo, por hacer algo, supongo. Entonces me duermo un rato escribiendo y puedo volver a soñar con este falso universo que me parece esencial, aún más esencial que el mío. Huyo temeroso hacia las vidas de otros escritores para tal vez darle a la mía cierta coherencia. Luego, inevitablemente, irremediablemente, despierto, y dejo de escribir.

–¿La silla, dice?

–Sí.

–¿No le contó Pound? ¿No? Bueno. Alice, ¿recuerdas cómo fue?

–La rompió.

–Sí, la rompió, una silla majestuosa, antigua. El melenudo se echó sobre ella como si fuese un sofá. Es un verdadero idiota.

–Idiota.

–Y la rompió.

–Rota. Inservible. Es un idiota.

–No está de más aclararle, Hemingway, que él ya no es bienvenido en nuestra casa.

–No, señor, ya no es bienvenido. Y tú, Hadley, ¿cuánto cobras por una clase en este tu piano?

–Ya llevo años sin ver a Sherwood, Hemingway. ¿Cómo está?

–Bien.

–Es un hombre encantador. Y sus ojos.

–¿Quién?, ¿Anderson? –preguntó Alice, interrumpiendo a Hadley.

–Sí, Anderson. Qué ojos. Pero prefiero no hablar de su literatura.

–Entonces, ¿cuánto me decías que cobras, Hadley?

–¿Y Joyce, Gertrude, conoce usted la obra de Joyce?

–Me recuerda a una anciana de San Francisco. Siempre quejándose. Estos irlandeses siempre quejándose de algo. Mire, Hemingway. Usted debe leer solo aquello que sea realmente bueno o realmente malo.

–Sylvia Beach me ha prestado un libro de D. H. Lawrence.

–Ah, él es imposible. Absurdo. Escribe como un enfermo.

–A mí me parece genial.

–No me discuta, Hemingway. Todos ustedes solo discuten. Discuten y se emborrachan. No respetan nada. Están perdidos. Todos. Toda su generación está perdida. Como dice mi mecánico.

–¿Y Huxley?

–¿Pero por qué quiere leer usted a un hombre muerto? Si quiere leer algo realmente malo, algo maravillosamente malo que mantendrá su interés, lea a Marie Belloc Lowndes.

–Maravilloso –dijo de pronto Alice, sonriendo–. Perdón, Hadley, ¿decías?

Sentada en la cama, Gertrude Stein continuó criticando a cualquier escritor que no hubiese ya elogiado la obra de ella. Era una señora bajita, ancha, vestida como hombre, con el cuerpo de una campesina italiana, pensaba Hemingway, viéndola sostener sobre el regazo algunos de sus manuscritos. Recostada al lado, Alice Toklas, su pareja, era igualmente chaparra, de tez morena, pelo corto de un negro betún y una voz agradable. A Hadley ella le daba miedo.

–Usted, querida, no gaste su dinero en ropa –le dijo Gertrude a Hadley.

–¿No?

–Arte, el dinero deben invertirlo en arte.

–Eso hacemos nosotras –agregó Alice–. Como ya vieron la vez pasada, nuestro apartamento está lleno de arte.

–Matisse, Braque, Gris, varios Picassos, un Cézanne. ¿Recuerda usted el Cézanne, Hemingway?

–Más o menos –mintió.

–Pues déjeme decirle que escribí *Tres vidas* sentada ante ese lienzo. Y estoy segura de que las oraciones del texto funcionan igual que esos planos de color.

–Yo también lo creo –dijo Alice.

–Sería bueno que leyera ese librito, Hemingway. Hay un par de ideas que quizás podrían ayudarlo, específicamente el uso del presente como tiempo narrativo y la metódica repetición de frases clave.

–De acuerdo.

–Mientras, mis queridos jóvenes, no gasten en ropa. Compren arte. ¿Una sugerencia? Miró. Me lo agradecerán después.

–Nosotras deberíamos vender el Picasso, querida.

–Alice, ya te he dicho que no sé.

–¿Qué cosa?

–Llevo meses, Hadley, persuadiéndola de vender un pequeño cuadro que se llama *Niña con abanico*. Necesitamos el dinero. Y tenemos tantos Picassos que uno menos no nos afectará.

–Alice quiere que con ese dinero paguemos la publicación de uno de mis libros, *Lucy Church Amiably*.

–¿Se les apetece un café?

–Gracias, Hadley. Yo te ayudo –le dijo Alice, levantándose de la cama.

Cuando la tuvo enfrente, Hemingway rozó la cadera de su esposa, y ella, ruborizándose, le apretó con fuerza la mano y se la llevó hacia los labios.

Gertrude Stein tomó los papeles de su regazo y empezó a ojearlos. Sentado en el banquillo del piano, frente a ella, Ernest la observó. Aún le era difícil imaginársela con Alice, en las noches, solas entre las sábanas. Volteó la mirada.

–Su cuento sobre Michigan me parece inaccrochable, Hemingway.

–¿Perdón?

–Inaccrochable, en francés.

–¿Qué quiere decir eso?

–A ver, es como un lienzo que alguien pinta y luego no puede exhibir.

–¿No les importa que no haya azúcar? –dijo Hadley.

–Creo que el cuento –empezó Ernest, quien, advertido por Anderson, ya esperaba que ella reaccionara así– no es ni sucio ni malcriado. Sencillamente, uso las palabras que la gente, en esas mismas circunstancias, usaría.

–El cuento es bueno, no me malentienda. Pero creo que usted no debería escribir nada como esto, Hemingway. No es correcto.

–Cuatro cafés, ¿verdad? –gritó Alice desde la pequeña cocina.

–Y su novela, ésta…

–¿Qué?

–No sirve –barajando las hojas con desdén.

–¿Nada?

–Nada.

–¿Quizás podría señalarme algunas cosas específicas, Gertrude?

–No. Debe usted empezar de nuevo.

–Pero es solo un primer borrador.

–Mire, Hemingway, esto de la revisión es una quimera. Puras tonterías. La verdad es que nunca he entendido cómo la gente puede trastear tanto un manuscrito. Lo revisan, lo tachan, lo corrigen. Ridículo. En mi opinión, si uno tiene algo que decir, las palabras están siempre allí, y esas palabras que uno va escogiendo son, sin excepción, las palabras precisas. ¿Por qué cuestionar un primer impulso, una primera corazonada? Y si la narración a fin de cuentas no funciona, pues no funciona, y ya. Empezamos otra.

Recibieron sus tacitas de café.

–Le estoy proponiendo, Hemingway, una escritura automática. Fluida. Una manera de hacer un cortocircuito en el cerebro, para así impedir que el aparato crítico interfiera con el derrame creativo. Pruébelo. Tome usted el lápiz y deje que las palabras caigan libremente sobre el papel. Sin pensarlas.

–Pero no entiendo, ¿cómo empezar a escribir sin saber hacia dónde va la narración?

–Eso es lo que queremos vencer. La ilusión de estar en control. Nuestra absoluta dependencia racional.

–¿Y nada de revisión?

–Nada.

Afuera ya estaba oscuro. En silencio, se tomaron sus cafés. Hadley le sonrió a su marido por encima de la taza, pero Ernest estaba como ausente. Se sentía un poco desorientado. Vacío. Por casualidad, sus ojos se toparon con la mano de Alice, grande y varonil, acariciando el muslo de su amada.

No sé si todavía estás por Caracas, ya de regreso en Barcelona o quizás en algún punto aéreo entre las dos, le escribí hoy a Vila-Matas. Ya todos por acá leímos la noticia del Rómulo Gallegos, la cual incluía, por alguna razón, solamente comentarios tuyos. El más interesante: Un cuatro a uno no es lo mismo que un tres a dos. En fin, me imagino que andarás ya más tranquilo sin la carga de ese concurso.

He estado releyendo *Bartleby y compañía*, le escribí, haciendo referencia a su obra que habla de la pulsión negativa de los escritores, de su atracción por la nada: escritores que han dejado de escribir. Y me surgió una duda, Enrique. Si Bartleby es el personaje literario que representa al escritor del No, a aquel que preferiría no hacerlo (o ya no hacerlo), ¿quién representa entonces al escritor del Sí? ¿Qué personaje literario podría ejemplificar a los escritores que preferirían sí hacerlo? Se me ocurre que en esa batalla me encuentro actualmente. Buscando orígenes literarios, estoy en realidad tras momentos del Sí, me dirijo con cautela hacia el extremo opuesto de todos los bartlebys. Espero no abrumarte demasiado con estas nimiedades.

Sí, su nombre era Ernest Hemingway. Sí, era americano. Periodista. Veinticuatro. Casado. Apoyó los codos en el mostrador. Estaba exhausto, aturdido. Le ardían los ojos. Todo le daba vueltas. Quizás era un sueño. Quizás solo era una pesadilla. Sí, perdón, exactamente, iba de vuelta a París. No, no llevaba ningún artículo que declarar. Sí, solo. No, su esposa no viajaba con él. Se había quedado en Lausanne, llorando. ¿Qué? No, nada, que lo disculpara, que estaba exhausto. Suspiró. El oficial estampó con fuerza el pasaporte y, sin subir la mirada, se lo tendió de vuelta. Buen viaje. Caminó despacio hacia el tren. Una niña se tropezó contra su pierna, luego se escabulló entre el gentío. ¿Su boleto? Gracias, adelante. Tendría doce largas horas para convencerse de que no era un sueño. Que Hadley sí había llegado esa misma mañana desde París, sollozando incontrolablemente. Que no podía hablar. Que no le pudo explicar nada hasta después del whisky. Ya en el vagón, se quitó el abrigo y el saco. Guardó su pequeño maletín. Se dejó caer en el sillón y cerró los ojos. Cuando despertó, el tren ya estaba en movimiento. Pensó en ella y apretó la quijada. Su única intención había sido juntarse en Lausanne para esquiar un poco, para que ella descansara un poco. Le caería bien un descanso. Hadley llevaba un mes sola en París, agripada, mientras él asistía a una conferencia política en Suiza, como reportero. Tenía sed. Se puso de pie y, llevándose su maletín, se dirigió hacia el vagón comedor. La tuvo que calmar con un whisky. Pero ella, en silencio, seguía llorando. Que la disculpara. No había sido su culpa. Solo había querido sorprenderlo. Eso era todo. Pero que no había sido su culpa. Un estúpido descuido. Se arrimó a la barra y pidió un gin tonic. Fuerte. No, gracias, no tenía hambre. Encendió un Gauloises. Las negras montañas de la noche zumbaban por la ventana. ¿Una sorpresa? Sí, pero que no era su culpa. Que en Gare de Lyon fue a comprar una botella de agua para el viaje. Como siempre hacía. Que había confiado en un portador. Fue a comprar agua. Tranquila, confiada. Que cuando volvió le habían robado su maleta. Empezó a sollozar de nuevo. La abrazó. Le dio pequeños besitos. ¿Eso era todo? Que descuidara. Solo una maleta. Solo un poco de ropa. No, que eso no era todo. En la maleta tenía su sorpresa. Quería llevarle una sorpresa. ¿Qué sorpresa? Como llevaba tantos meses viajando y reportando, lejos de París, lejos de ella, lejos de sus manuscritos, quería llevárselos. Había empacado sus manuscritos. ¿Qué manuscritos? Todos. ¿Cómo todos? Todos. Las tres carpetas. Todos. La novela. Los cuentos. Los bocetos de París. Todo lo que había escrito en el último año. ¿Sería cierto? Por eso iba de regreso a París en el primer tren posible. Para asegurarse. Se empinó la ginebra y pidió otra. Fuerte. Todos dormían. El vagón estaba vacío. De su maletín sacó el cuadernillo azul y un lápiz. A empezar de nuevo. De cero. Todos tomamos, escribió. ¿Será demasiado temprano para un trago? Tomémonos un traguito, almirante. No muy seco. Que con un gendarme, sollozando, había buscado su maleta durante más de una hora. Nada. Sí, que también había hecho una declaración formal. Nada. ¿Qué es la paz?, escribió. No sabía la respuesta. Ya no sabía nada. Nada. Una nada que conocía demasiado bien. Era nada y pues nada y nada y pues nada. Amén. Bajó el lápiz, se terminó el trago, aplastó el cigarrillo y se quedó quieto, viendo la penumbra por la ventana. Su desayuno. Gracias. Sin ganas, sin hambre, comió. Un café. En la esquina del vagón, una pareja se besaba. Agarró sus cosas y, con el amanecer grisáceo del nuevo día, regresó a su asiento. Durante el resto del viaje cerró los ojos, pero no durmió. Nada. Hay un silencio mortuorio, cansado, que no se consigue en ningún otro lado, pensó, salvo en el compartimento de un tren al final de un largo viaje. Gare de Lyon, finalmente. Bajó del tren y el olor sulfúrico de la plataforma lo despabiló. Pese a la lluvia, decidió caminar. Atravesó el puente de Austerlitz. Podía imaginarse la sorpresa del ladrón ante una maleta llena de papeles. Luego los senderos vacíos del Jardin des plantes, con sus desnudos árboles de invierno. ¿Estarían ahora mismo sus manuscritos flotando en el Sena? Rue Mouffetard. Place de la Contrescarpe. Rue Descartes. Caminaba cada vez más rápido. Tocó la puerta hasta despertar al conserje. Buenos días. Sí, sí, con permiso. Trepó las gradas espirales, jadeando, mareándose un poco, y empujó fuerte la puerta. Todo le daba vueltas. El olor de su esposa aún flotaba en el aire. Una toalla húmeda en el suelo. La cama deshecha. Una partitura abierta en el piano. La mesa, su mesa.

Nada.

En un popular restaurante italiano, almorcé hoy con Eugenio Salazar, doctor en Historia y escritor neófito que ha publicado ya un par de cosas. Viéndolo batallar con los espaguetis, le conté en qué estaba yo trabajando, los inicios, los detalles, las dudas, y poco a poco me fui dando cuenta de que la explicación de este libro requiere otro libro, necesita casi un manual de operaciones para lograr entenderlo. Mientras yo sufría por volvérselo más claro, en ningún momento subió él la mirada del plato: Por supuesto, cómo no, le entiendo. Creo que no me entendía o tal vez sí. Cuando por fin terminé de hablar, mi lasaña ya se había enfriado. Comimos en silencio durante unos minutos. De pronto el doctor Salazar bajó sus cubiertos, tomó un sorbo de vino tinto y me dijo que no fuera tan ingenuo, señor Halfon, ese momento no existe, en realidad está buscando usted, perdone que se lo diga, pretextos que justifiquen su propia decisión de volverse escritor, quizás por inseguridad necesita las respuestas de otros autores para darle validez a la suya, pero no sé, señor Halfon, no sé por qué se empeña usted en escribir libros tan raros, y además no sé si le he entendido muy bien, tendría que leerlo. Al tomar otro sorbo de vino, hizo un ruido desagradable, semejante a un eructo contenido, y se pasó la lengua por los labios. Cómo se llama, señor Halfon, aquel personaje de Woody Allen que se esfuerza tanto por cambiar su imagen y parecer otro, Zenin o Zelin o algo así, no recuerdo. Eso fue todo lo que me dijo. Dejé que él pagara la cuenta.

A mi regreso de la complicada Caracas, me escribió hoy Vila-Matas, le he dado muchas vueltas a la cuestión literaria que me planteas y, no hallando respuesta convincente, he decidido –de forma egocéntrica, ya me disculparás– que el personaje antibartleby por excelencia es Montano. Un fuerte abrazo de Vila-Matas.

–¿Monsieur?

–Otro vino tinto.

–Enseguida, monsieur.

Había escogido una mesa esquinada y, como siempre, junto al gran ventanal. Llevaba ya tres copas sin atreverse a abrir el gastado cuadernillo azul que sostenía precariamente en sus manos. Ya remodelada, La Rotonde bullía. Un viejito, para atraer la atención del mozo, estaba somatando su bastón en el suelo. Del interior de la enorme cartera negra de una señora se asomaba, tímida, la cabecita de un pequinés. Los cinco integrantes de una joven familia de Boston estaban esmerándose por no parecer turistas. Unos pintores discutían bagatelas. De vez en vez, una niña de no más de quince años, leyendo mientras se terminaba su jugo de naranja, lo miraba por encima de Balzac. Afuera, una fina sábana de nieve cubría París.

Con Hadley ya no era lo mismo. Ella le pedía perdón al menos una vez por día desde que volvió de Lausanne. La perdonaba. Comprendía que no era su culpa. Verdaderamente. Y al final la pérdida no había sido total. En el fondo de una gaveta, refundida, descubrió la única copia del cuento sobre

Michigan que Gertrude Stein había juzgado inaccrochable, en francés. Seis de sus poemas los tenía Harriet Monroe, de la revista *Poetry*, para su próxima publicación. Lincoln Steffens y Greg Clark poseían un cuento cada uno. Pero todo lo demás, todo, tanto, quizás estaría flotando en el Sena. Tres años de trabajo. Con Hadley ya no era lo mismo.

–Merci.

Abrió el viejo cuadernillo azul y leyó:

> El primero de mayo en la Porte Maillot en la noche el gentío intentaba volver a ingresar a la ciudad a través de la puerta.
>
> La policía
> xxxxxxxx/culpó al gentío y yo vi xxxx desde el techo de de diecinueve años un taxi la asustada, pálida, orgullosa cara del chico xxxx/ quien [recién le había disparado a dos policías] parecía un mariscal de bachillerato y acababa de dispararle a dos policías.

La niña de Balzac se había marchado. Rápido, hizo algunas anotaciones en el margen. Tomó un largo trago del vino tinto y, más abajo, en la misma página, leyó:

> Yo he visto a la policía agredir al gentío con espadas mientras ellos se apiñaban hacia París a través de la Porte
> Maillot el primero de pálida y golpeada mayo y visto el asustado y orgulloso rostro en la/cara del chico de dieciséis años quien parecía un mariscal de bachillerato y acababa de dispararle a dos policías.

Mejor. Los sustantivos ambiguos se habían vuelto específicos. El cambio de verbos generaba más acción. La rebaja en la edad del asesino le permitía ahora ser un mariscal de bachillerato. El yo inicial era más poderoso, mucho más presente, no solo como un observador del evento, sino como partícipe.

Estaba empezando de nuevo. De cero. Quería lograr, en un estilo lacónico y brusco, simples viñetas. Extender a un solo párrafo oraciones sin ningún compromiso emocional. Quería hacerlo sin juzgar. Sin usar un tono moralista. Sin recurrir a oraciones largas, ni a palabras polisilábicas, ni a tonos pasivos. Stein: escritura automática, fluida. Pound: ninguna palabra que no contribuya a la presentación de la imagen.

–¿Otro vino, monsieur?

Que no, gracias. Un ron Saint James, por favor. Después de un año en París, su francés había mejorado considerablemente. Encendió un Gauloises y suspiró el humo. En la próxima página, bajo el título «Romance», leyó:

> En la luz de la luna el largo callejón de árboles en el jardín de Luxemburgo eran puntiagudos y negros. El niño y la niña estaban parados contra la cerca de hierro mirando hambrientamente hacia adentro de las sombras.

Llegó su trago, pero no se dio cuenta. Estaba pensando en Anderson, en los cambios que su propia técnica narrativa había sufrido en el último año. Era obvio que estaba alejándose del estilo literario sentimentaloide que había aprendido en Chicago. Volvió la página:

> Él intentó cinco veces y finalmente lo penetró y el público estaba callado todo el tiempo y nunca lo perturbó. Luego estallaron cuando él finalmente lo penetró y el toro se desplomó.

Y luego más abajo:

> Él intentó cinco veces y el público estaba callado porque era un buen toro y se parecía a él o el toro y luego él finalmente lo logró. Se sentó sobre la arena y vomitó y tendieron una capa sobre él mientras el público gritaba y lanzaba cosas hacia la plaza.

Podía ver el salto estilístico. Allí estaba. Lo sentía. Sus oraciones, poco a poco, se iban volviendo más fuertes y exactas. Como los bruscos golpes certeros de un boxeador.

Con desdén, ayudó a que la familia americana pidiera unas baguettes con jamón y queso. Idiotas. ¿No podían ver que estaba trabajando? Encendió otro Gauloises. Tomó un breve sorbo de su ron. En las siguientes cinco páginas leyó, mientras fumaba, siete u ocho intentos de la misma viñeta, tomada inicialmente de una vulgar noticia periodística de Grecia. Los márgenes estaban repletos de ideas y anotaciones y cambios. Había tachado algunas palabras que sobraban. Mientras avanzaba, las oraciones eran cada vez más verdaderas y el párrafo funcionaba mejor. Sonriendo, leyó el último:

> Ellos balearon a los seis ministros de consejo a las seis y media de la mañana contra la pared del hospital. Había estanques de agua en el patio. Había hojas muertas y mojadas sobre el pavimento del patio. Llovía fuerte. Todas las contraventanas del hospital estaban enclavadas. Uno de los ministros estaba enfermo con tifoidea. Dos soldados lo bajaron cargado por las gradas y afuera hacia la lluvia. Trataron de mantenerlo parado contra la pared pero se sentó en un estanque de agua. Los otros cinco estaban muy callados de pie contra la pared. Finalmente el oficial les dijo a los soldados que era inútil tratar de mantenerlo de pie. Cuando dispararon la primera descarga él estaba sentado en el agua con su cabeza sobre las rodillas.

Sin darse cuenta, había permitido que su cigarrillo se extinguiera en el cenicero. Alzó la mirada. Había anochecido. Alguien estaba barriendo. Volvió al inicio del cuadernillo y notó que tenía ya algunas viñetas que le agradaban. Algunos párrafos bastante sólidos que se podían publicar juntos. Necesitaba un título. Algo que uniera las seis o siete viñetas que sentía más logradas. En una página en blanco, sin pensar, anotó:

Cuentos no escritos son mejores
Quizás usted estuvo allí para ese entonces
Eso fue antes de conocerte
Romance está muerto
Los buenos ven una o dos cosas

No. ¿Qué era lo que las unía? A ver, más despacio. Las releyó, emocionado, volviendo suavemente las páginas, tratando de descifrar hacia dónde iban, de qué trataban, cuál era el tono común. Bebió un sorbo de su ron. Se le ocurrió que quizás el único cabo que las hilvanaba a todas era la violencia. Sí. Disparos, guerras, matanzas, sangre. La violencia era, en fin, lo que marcaba la época en que vivía. Violencia insensata, aleatoria, cruel. Era, pensó, lo que me define a mí, lo que define nuestro tiempo. Sonrió. Apuró el resto del ron de un solo trago. Sabía que algo importante estaba comenzando.

IV. EXTRAÑAS AMISTADES

Ya está dicho: en la luz escasa
de los rincones cabareteros
se amasan extrañas amistades
que no lo son cuando amanece el día.

Ricardo Piglia

Vio al inglés sentado en la barra tomándose una cerveza y hablando íntimamente con una puta. Aunque no lo conocía, tenía que ser él, con su viejo impermeable blanco y pelo colorado: justo como se lo había descrito Piglia. Lo saludó desde la entrada, pero Ratliff no lo reconoció, o no lo vio, o pretendió no verlo. Con la mirada en el suelo, empezó a cruzar la circular y rojiza pista de baile que los separaba. Lento, tímido. De pronto, una señorita de no más de trece años –que con demasiado maquillaje y altos tacones franceses pretendía aparentar unos treinta– empezó a bailar alrededor de él. Papi, le susurraba, bailá conmigo. Ratliff, riéndose, lo saludó levantando su cerveza.

–Tenés que ser Renzi.

–Hola, sí.

–Un poco tarde pero, en fin, me encontraste y aquí estás.

Eran casi las tres de la madrugada.

–Disculpá, pero me costó ubicar a Leopoldo.

–Beatriz –tierno, acariciándole la larga cabellera negra con la misma mano que sostenía su cigarrillo–, ¿nos das unos minutitos? Gracias, mi amor.

Steve Ratliff era un inglés que en realidad no era inglés. Había nacido en Nueva York, en West 79th Street, justo enfrente de Central Park. Varios años atrás había llegado a Mar del Plata, enamorado de una mujer llamada Pauline O'Connor, decían, una loca que se había fugado a Suramérica con su marido millonario, decían, un ingeniero que manejaba una fábrica de óptica y a quien ella luego asesinó, decían, y por cuyo crimen estaba cumpliendo actualmente una condena de diez años de cárcel. Decían, además, que Ratliff era su amante, pero que en ningún momento se lo vinculaba con el crimen. Decían, pero nunca se sabe. Como una sentencia propia, él llevaba años visitándola en la cárcel los domingos. Aunque no lo era, todos en Mar del Plata lo llamaban el Inglés.

–Creo que a este pibe no le gustan las mujeres.

La niña maquillada se sobaba contra el cuerpo de Renzi, quien seguía de pie y, con las manos en los bolsillos de su chaqueta de corduroy, se empeñaba en ignorar el roce de sus tetitas.

–¿Cierto, Renzi? ¿No te gustan las mujeres?

–Claro que sí –inquieto, con orgullo.

–Vamos, Lubita, ¿no ves que me lo estás poniendo nervioso? Más tarde, ¿de acuerdo?

–Seguro –se puso ella de puntillas y le dio un pequeño y húmedo beso en el cuello–, más tarde, papi.

Emilio Renzi la vio alejándose, fatigada y coqueta, arrastrando un poco sus piernas bronceadas y delgaduchas. Casi una nena, pensó. Colocó sobre la barra sus cigarrillos sin filtro, un libro de Faulkner y una libreta negra; tomando asiento, le pidió al camarero un vodka tonic.

Estaban uno a la par del otro, fumando en silencio, mirándose a través del mugroso espejo que tenían enfrente. Media docena de veladoras rojas se repetían. Detrás de ellos, como fantasmas, bailaban y flotaban imágenes oscuras. En una pequeña ventana resplandecía la sombra de la noche. Jugaban al póquer, en una mesa esquinada, representaciones borrosas de marineros embriagados, soeces. La efigie de un viejito tocaba tangos en su acordeón, una colilla colgándole de los labios mientras el humo subía como neblina por su rostro cansado. Bárbaro, pensó Renzi recordando a Stendhal: hasta en el espejo de un burdel se reproduce el mundo.

Les llegó, desde el fondo de un estrecho pasillo lleno de puertas entornadas, un fuerte chillido de placer.

–Interesantes tus postales, Renzi, pero nunca especificás cómo me contactaste.

Desde Buenos Aires te escribo, le había escrito en una postal que conservó de una vuelta aventurera a Río de Janeiro. Me presento en breve. Mi nombre es Emilio Renzi. Tengo dieciocho años. Soy escritor pero, al igual que tantos otros, por el momento trabajo como periodista. Hago crítica literaria para el diario *El Mundo*, le había escrito, mientras realmente escribo una novela con tinte faulkneriano o, mejor dicho, con un aire que adquiere Faulkner traducido por Borges: o sea, una parodia de Onetti. *La prolijidad de lo real*, se titula la novela, creo, le había escrito detrás de esa bella costa brasileña, y es su título lo que más me gusta, no sé, quizás es lo único que me gusta. En fin, me encantaría conocerte. Poder charlar un poco con vos. Te saluda, Emilio Renzi.

–También las tuyas son interesantes. Piglia me dio tus datos.

–Ah, sí, Ricardito. ¿Amigo tuyo?

Mucho gusto, le había escrito Ratliff, quien llenó ambos lados de una postal con una fotografía de un gato siamés. Claro, charlemos, si me encontrás. Podés intentar en dos lugares. Por las noches, se me antoja jugar al ajedrez en el Club Social con un polaco que acostumbraba hacerlo con el príncipe Alekhine y con James Joyce en Zúrich, o algo así. Sueño con empatarle una partida, le había escrito, a este polaco, que cuando se emborracha se dice discípulo de Wittgenstein. También frecuento el Ambos Mundos, sobre la calle Rivadavia, para hablar bobadas literarias (¿hay acaso otro tipo de bobadas?) con cualquiera que me compre un trago. Si no estoy, le había escrito sobre el pardo vientre del felino, preguntale a Leopoldo dónde encontrarme. Él sabrá. Él siempre sabe. Ya que no sonás muy entusiasmado con tu novela (relajate, pibe, no se puede ser un gran novelista antes de los cuarenta años), otra idea: escribir un relato sobre la directora teatral soviética Asja Lācis (¿me lo dijo Piglia?), colaboradora de Meyerhold y Eisenstein, cercana al grupo de Maiakovski, amiga de Brecht, amante de Walter Benjamin, desaparecida antes de la guerra en un campo de concentración estalinista. Tremenda tipa, Asja. Un abrazo, Ratliff.

–¿Amigo mío Piglia? Sí, más o menos –hizo una mueca después de probar su vodka–, pero me ha hablado muy bien de vos.

–Sabe servir un buen trago, Moscardón. Bravo, Moscardón.

–Y me ha contado de tu novela.

–¿Qué novela?

Gracias por tu pronta respuesta, le había respondido Renzi en una postal de la torre Eiffel que había comprado en el centro de Buenos Aires. Si logro finiquitar algunos asuntos pendientes en el periódico, entonces chau a todo y llego el sábado por la noche, tarde. A propósito de tu idea para una novela, recuerdo lo que le comentó Mallarmé a Gauguin, creo que fue a Gauguin, cuando este le dijo al poeta que tenía varias ideas para escribir una novela. El problema, le dijo Mallarmé, es que las novelas no se escriben con ideas, sino con palabras. Otro lado, le había escrito entre paréntesis y a la par de una pequeña flecha. Pero, bueno, ¿Asja Lācis? No veo qué sentido puede tener escribir un relato sobre ella, sobre Asja Lācis. Hay mujeres mucho más interesantes. Habría que escribir, ponele, sobre la hija de Madame Bovary. ¿La recordás? En la última página de la novela, Flaubert escribe que la niña, pobre y huérfana, es obligada a ganarse la vida en una hilandería de algodón. Allí empieza otra novela. Una obrera textil que es la hija de Madame Bovary, vaya, eso sí me interesa. Saludos, Renzi.

–Bueno, la novela en la que estás trabajando…

–Yo no estoy trabajando en ninguna novela, Renzi.

–Pero Ricardo me ha mencionado que estás escribiendo una novela, y que incluso le has leído algunas partes.

–Me importa un comino lo que te haya dicho. Yo no estoy escribiendo ninguna novela.

Madame Bovary es una utopía masculina, le había escrito en una postal con una imagen en blanco y negro de un gaucho en la pampa. ¿Querés mujeres interesantes, Renzi? Muy bien. Mi madre fue la primera mujer que manejó un auto en el estado de Tennessee. Aún conservo el recorte del diario: ella sentada triunfante en un Ford, guantes negros, la cara cubierta con un tul. Algún tiempo después perdió la virginidad en un auto. Mi madre, orgullosa de haberse iniciado en ese ámbito, siempre sostuvo que la expansión de los autos cerrados había hecho más por la liberación sexual que ninguna otra cosa en la historia de los Estados Unidos. Amo la lógica de los pequeños detalles, le había escrito alrededor del lomo de un caballo. Bienvenido, Renzi, cuando sea. Te abraza, Ratliff.

–¿No estás escribiendo nada, entonces?

–¿Por qué no te dejás de pavadas, Renzi, y me comprás un vodka? –y señalando el trago con su cigarrillo, gritó–: ¡Usted, Moscardón, otro de esos!

El tango cesó y el murmullo se hizo de pronto demasiado intenso. En el espejo, los espectros de unas muchachas desocupadas se reían con ahínco, con saña. Frustrado, confundido, Emilio Renzi abrió la libreta negra y anotó rápidamente algunas palabras.

–Ah, Moscardón, muchas gracias, Moscardón. Me gusta decir Moscardón. A ver, Renzi, probá.

–Moscardón –mientras escribía.

–Agradable, ¿no te parece? ¿Y eso, boludo? ¿No me digás que es un diario?

–Más o menos. Tonterías, historietas, ocurrencias sobre los libros que estoy leyendo.

–Alguien escribe su vida cuando cree escribir sus lecturas.

–¿Lo dijo Piglia?

–Probablemente. Sos igual que él, siempre escribiendo en una libreta negra. Lleva ya Ricardo tres años, ¿sabías vos eso? Desde el 3 de marzo del 57, día en que según él comenzó. Un domingo. Dos días antes de abandonar con su familia, medio clandestinamente, dice él, su suburbio natal de Adrogué y venirse para acá. Tres años ya de eso. ¿Y sabés vos por qué lleva un diario? Lo hace, dice, para saber qué es escribir. Dice que ahí está su relación con el lenguaje y la literatura. Eso dice.

–También yo llevo tres años.

–No sé si creerle eso que dice, me entendés, a Piglia. Yo más bien diría que ahí está la relación con su padre. ¿Vos lo conocés? ¿No mucho? Buen tipo. Un médico que por apoyar a Perón pasó un año preso. Solo el que ha estado en prisión puede hablar de enfermedades. ¿Lo habrá dicho Piglia o su padre? En fin, al salir de la cárcel, trasladó a toda su familia hasta acá, medio clandestinamente. Buen tipo –y tomó un sorbo de vodka y encendió otro cigarrillo.

–¿Vos no llevás un diario?

–Ni loco. Prefiero leerlos. Diarios importantes, Renzi, ahí tenés vos otra idea para novelar. Te la regalo. Dostoievski, Musil, Kafka, Mansfield, Gide, Woolf, Valéry. Grandes diarios de grandes escritores.

–Pavese.

–Recuerdo que Ricardo me dijo alguna vez que no hay nada más ridículo que la pretensión de registrar la propia vida, o no sé, tal vez soñé que me lo dijo. El diario, sin duda, creo que me dijo, es un género cómico. Sin embargo, lo está haciendo, lleva tres años haciéndolo, Ricardo, registrando su propia vida. ¿Y sabés vos por qué? Es un secreto. ¿No sabés? Pues te lo diré, Renzi. Está él llenando un vacío infantil. Escribe porque hubo una falta casi total de literatura en su infancia. ¿Tenés sed? Yo sí. Moscardón, dos más, Moscardón, y no escatime.

La imagen turbia de un solo marinero dormía ya sobre la mesa.

Renzi sintió que lo abrazaron por detrás. Dos manos pueriles y pegajosas, con uñas mal pintadas de escarlata, recorrían con fuerza su pecho.

–Vaya, mírenlo, si también escribe mi papi. Es todo un genio. ¿No tenés algo de merca?

–¿De qué?

–¿Un porro?

–Lo dudo, Lubita.

En el espejo sonreía Ratliff, quien a la par tenía sentado el opaco reflejo del cantor de tangos, chupando su cigarrillo sin tocarlo, silencioso, mientras se tomaba un vaso de leche o algo así.

–Qué lástima, papi.

–¿Puedo hacerte una pregunta? –derrotado, impotente, Renzi permitió que las pequeñas manos se colaran por entre los botones de su camisa.

–Dale.

–¿Es cierto que ganaste un premio literario?

–¿Te lo dijo Piglia? Me imagino que fue él. Premio O'Henry, 1954, al mejor cuento del año, Renzi, «An American Romance».

–Tan velludo mi papi.

Renzi sintió tibios mordisqueos en el lóbulo.

–Sucede –con dificultad, con cosquillas– que no aparece ese cuento por ningún lado.

–Beatriz, vení, mi amor...

–Solo si me comprás una cerveza, inglesito –sentándosele en las piernas.

–Lo que querás, nena, si mi amigo Renzi anda gamonal. Moscardón, una cerveza para la bella Beatriz, Moscardón, y bien fría porque viene directamente del infierno.

–¿Ratliff?

–Moscardón. Qué nombre. ¿Y tu Virgilio, mi amor?

–¿De qué mierdas hablás, inglesito? Te lo juro que solo vos te entendés.

–¿Steve?

–¿Qué querés, Renzi?

–¿El cuento?

–Tan guapo mi papi. ¿Seguro no tenés un porrito, papi?

–Yo qué sé. Seguí buscándolo, Renzi, y que te ayude Leopoldo a encontrarlo. Él siempre sabe dónde me escondo, aún más que Piglia. Te digo, vale la pena encontrarlo. Creo que es un buen cuento. O, quién sabe, pibe, tal vez ni siquiera existe, tal vez nunca lo escribí, tal vez ni siquiera yo existo y le estás hablando a una ficción, a una imagen nebulosa de un inglés que se pasa la vida hablando mierdas literarias. Quién sabe. Ni siquiera Piglia sabe. Viste, otra genialidad para una novela. Un tipo inglés que ni siquiera es inglés, y que además no existe. Bestseller, Renzi, te lo prometo. Abuelo –le gritó de pronto al espectro que tenía a su lado–, tocá un tango y cantá algo triste y nos vamos todos al carajo, llorando.

–Sí, niña, ya es hora de irnos si mi inglés está hablando tonterías.

–¿Me llevás al cuarto, papi?

–¿Qué?

–Andá, Renzi, disfrutá, que es tarde, estoy cansado de pensar en literatura y hasta las putas dicen que ya hemos hablado suficientes pendejadas para una noche.

–Vamos, papi, animate. Soy una delicia, papi, una niña tiernita y sabrosa.

Las uñas mal pintadas de escarlata ahora rascaban con libertad sus muslos, su panza, su ingle.

Emilio Renzi cerró la libreta negra y, poniéndose de pie, machucó su última colilla en el suelo. Deprisa, apuró el resto del vodka. Escuchó el comienzo de un tango amargo mientras, frente a él, difuso y lejano y más allá de la ventana que daba a la calle Rivadavia, aparecía el reflejo del mugroso amanecer.

V. WUNDERKIND

Creo que yo nací así,
un genio precoz,
un Wunderkind.
VLADIMIR NABOKOV

Una plateada gota de lluvia en descenso hizo de él un poeta. Era el verano de 1914 y podía distinguir, pese a tener solo quince años, un barrunto de guerra en los cálidos aires de Rusia. La gente estaba tensa y frenética. Su propio padre, un alférez en las reservas de la infantería nacional, se encontraba detenido en San Petersburgo, treinta kilómetros al sur, aguardando sus órdenes. Ansiosa por noticias, su madre llevaba ya varias semanas sin apartarse del teléfono. Vladimir necesitaba un refugio. Con dos o tres libros bajo el brazo, entonces, se escapaba hacia la paz del viejo parque de Vyra.

En Vyra pasaban los veranos; en San Petersburgo, los inviernos y primaveras; y para evitar la humedad capitalina, durante los otoños la familia Nabokov viajaba a las costas del sur de Europa. Pero todos los veranos el pequeño Vladimir podía contar con los bosques y las praderas de Vyra, con su paleta de hojas secas esparcidas sobre la arena color ladrillo, con los inmensos jardines de la hacienda familiar que siempre encontraban fresca y acogedora y recién pintada de un suave verde pálido.

Que la lluvia, dice otro poeta de la lluvia. Que comenzará por decir, comienza diciendo, sobre los días y años de su infancia, que su único personaje inolvidable fue la lluvia. Que la gran lluvia austral que cae como una catarata del Polo, desde los cielos del cabo de Hornos hasta la frontera. Que en esta frontera, o Far West de su patria, nació él a la vida, a la tierra, a la poesía y a la lluvia. ¿Pero que cuándo había escrito su primer poema? Que trataría de recordarlo. Que fue en su niñez, apenas habiendo aprendido a escribir, cuando sintió una intensa emoción y garabateó unas cuantas palabras semirrimadas, extrañas, distintas del lenguaje que usaba todos los días. Que sintió una desconocida y profunda ansiedad, una especie de angustia y tristeza. Que era un poema dedicado a su madre o, bueno, a aquella que conoció como tal, a su madrastra, a esa mujer angelical cuya suave sombra había protegido toda su infancia. Que entonces fue con sus padres que estaban en el comedor y les entregó tembloroso el papel. Que su padre distraídamente lo tomó de sus manos, distraídamente lo leyó, distraídamente se lo devolvió, y le dijo, distraídamente: ¿De dónde lo copiaste?, y que luego siguió conversando en voz baja con su madre sobre asuntos más importantes. Que así había nacido el primer poema de Pablo Neruda y que así había recibido él la primera muestra distraída de la crítica literaria.

Dicen que los masones o los judíos, no recuerdo muy bien si estos o aquellos, solían trepanar los cerebros de quienes divulgaban sus secretos. Me encanta la palabra trepanar. Así me siento yo, trepanado, aunque solo soy culpable de divulgar ficciones.

Son las cuatro de la madrugada. Este manuscrito me persigue como un espectro. No me deja pensar en nada más y hasta me ha robado el sueño. Duermo dos o tres horas por noche, si eso. Temo enfermarme. No estoy comiendo bien y salgo muy poco de mi casa. Si no me encuentro leyendo sobre el origen de algún autor, estoy escribiéndolo, o tal vez hablando por teléfono con otros escritores o anotando mis inquietudes en esta especie de confesionario que otros llamarían un diario, pero que no es ni siquiera eso. Ya mis amigos han desistido; saben que cuando entro en estas etapas, no me verán hasta que termine de escribir, hasta que amaine mi obsesión. Quiero terminar. Necesito terminar.

Hay una papeleta clavada con una tachuela justo enfrente de mí. Está a la par de una fotografía de André Kertész que me mandó Vila-Matas (No sé muy bien por qué te la envío, tal vez lo hago porque sé que la fotografía no la podrás incluir en tu libro. No. Lo pienso bien y no sé por qué te envío la foto. Tal vez actúo igual que tú cuando te preguntas por qué escribes y temes no entenderlo nunca e indagas...) y una simpática caricatura que dibujó sobre una servilleta mi amigo Tasso Hadjidodou. La papeleta solo tiene escrito un refrán en dos oraciones de Raymond Carver: Tengo un libro por terminar. Soy un hombre afortunado.

No sé si estoy de acuerdo con Carver, de hecho creo que no, pero siempre me ha gustado su tono esperanzador.

Yo, en cambio, me siento triste y al mismo tiempo feliz, como Hemingway. Qué no daría por un cigarrillo a esta hora demasiado silenciosa, demasiado solitaria, pero ya no tengo ni uno.

Varias veces he revisado la narración que Nabokov mismo hace en su autobiografía, *Habla, memoria*, de aquella gota de lluvia trascendental. ¿Cómo continuar mi relato con un evento tan espontáneo? Quizás buscaré la voluminosa biografía de Nabokov que escribió Brian Boyd para así poder rellenar algunas grietas. Había pensado que, teniendo acceso a la voz propia del autor, no la necesitaría, pero hay algo en la versión de Nabokov que se mantiene incompleto y me mantiene intranquilo.

Además, releyéndolo, no sé si me gusta el breve fragmento que escribí sobre el primer poema de Pablo Neruda. Cuenta él otra anécdota aun anterior, que es quizás más tierna y literaria. Un muchacho, compañero suyo, enamorado perdidamente de la hija del herrero, le pidió a Pablo que le escribiera sus cartas de amor. Dice Neruda que tal vez fueron esas sus primeras obras literarias. (¿Y entonces, don Pablo?). La jovencita no tardó en averiguar que Pablo era el autor verdadero de esas cartas y le mandó un membrillo. Él lo guardó como un tesoro. Continuaron las cartas, y él continuó recibiendo membrillos.

Hace unos días me llamó Horacio Castellanos Moya para decirme que Bolaño estaba hospitalizado, enfermo del hígado, grave, vos, no le vayás a mandar tus libros porque el cuate anda grave, me dijo. De hecho, tenía ya dos ejemplares empaquetados y listos para enviarle a su residencia en Blanes, acompañados por una breve carta, escrita a mano, solicitándole su participación en este manuscrito. Hoy en la madrugada Roberto Bolaño falleció.

Como un tipo de pésame literario, o algo así, cargué varios de sus libros conmigo durante todo el día. Qué mejor manera de despedir a un amigo que solo se conoció a través de su literatura, que releyéndola. Había dicho Bolaño que uno nunca termina de leer, aunque los libros se acaben, de la misma manera que uno nunca termina de vivir, aunque la muerte sea un hecho cierto. Había dicho Bolaño que quería un entierro al que pudiera llegar por sus propios pies o, en su defecto, una ceremonia vikinga: el muerto, su hijo y sus amigos fantasmas, nadie más. Allí estaré yo, entonces, entre tantos amigos fantasmas, cuando sus cenizas sean esparcidas por su hijo Lautaro en el mar.

Para mí, dijo o quizás dijo Bolaño en alguna entrevista, es difícil responder por qué escribo un libro. Seguramente porque es lo mejor que sé hacer. Seguramente, Roberto.

Vladimir estaba sentado en una banca del parque, leyendo versos de Pushkin, cuando el diluvio empezó. Fuerte. Inmediato. Nunca se percató de las ominosas nubes que, con sigilo, se habían posado sobre él: las modulaciones de la música pushkiana siempre lo sumían en un estado casi hipnótico.

Rápido, se dirigió hacia un gran pabellón. Pushkin se estaba empapando. Ya se habían formado charcos sobre el sendero. Se le ocurrió mientras los brincaba que las palabras pabellón y papillón no solo rimaban, sino que estaban etimológicamente ligadas. Sonrió.

El pabellón, con su majestuosa estructura de madera, llevaba años abandonado. Algunos vitrales estaban rotos. Una capa de hojas secas cubría el suelo. Adentro, Vladimir solo encontró una mesa plegadiza recostada contra una pared roída, blanca, en cuya superficie estaban escritos algunos mensajes. Masha estuvo aquí. Tamara ama a Iván. Abajo con Austria. Apartó algunas hojas secas cerca de una ventana ya sin cristal. Se sentó con cuidado a la par de una libélula muerta.

Delirando de nuevo con Pushkin, no se dio cuenta de que la tormenta ya había cesado, que golfos azules se abrían entre las nubes y que, a lo lejos, por encima de los campos humeantes, un arcoíris brillaba en el horizonte.

Subió la mirada.

Ya sin ningún vientecillo, Vladimir solo vio cómo el peso de una gota de lluvia, brillando lujosamente, resplandeciendo como un líquido metal, arqueaba la punta de una pequeña hoja verde. Silencio. Vio cómo este glóbulo plateado se deslizaba lento a través de la vena central de la hoja. Quietud. Y luego, en el mismo segundo, que más le pareció una rajadura en el tiempo, vio cómo la majestuosa gota se desplomó, aliviando a la hoja de aquel tremendo peso y retornándola en rítmicas oscilaciones a su posición original.

De pronto una ráfaga de brisa, y escuchó que un melódico tamborileo de rimas empezaba a gotear desde los árboles.

Eudora Welty lloraba. No hacía ruido, pero estaba llorando. Sus dos hermanos habían tenido que irse a la escuela. Ella era la única presente mirándolos en sus camillas, pálidos, conectados a través de un delgado tubo de plástico transparente.

Su padre tenía lupus. El médico había recomendado, como un último y desesperado esfuerzo, realizar una transfusión sanguínea. Su madre no permitió que ningún otro fuese el donante. Años atrás, cuando a ella le diagnosticaron septicemia, su esposo la había salvado dándole champán. Ahora le tocaba a ella. Eudora observó con admiración cómo su madre, ya acostada, se subió las mangas del vestido negro en silencio mientras un par de enfermeras entraban a su padre yaciendo inconsciente sobre otra camilla. El médico conectó sus antebrazos con un tubo flexible que de pronto se tornó rojo. Eudora Welty, viendo enlazadas a las dos personas que más influyeron en su vida literaria –además de Yeats, por supuesto–, estaba llorando.

De su madre, una maestra de párvulos que le leyó durante toda su niñez, heredó su pasión, y compasión, por los libros. Todo el tiempo le leía. Todo regalo era un libro. No recuerdo un tiempo, dice Eudora, en que yo no estuviese enamorada de libros. Fue mi madre la que me respaldó emocional e imaginativamente en mi deseo por llegar a ser escritora. No fue hasta muchos años después, cuando Eudora Welty ya había escrito tantos cuentos, que se percató de que la mayoría de los personajes literarios eran maestras. Ellas son, en gran medida, dice, mis heroínas.

De familia suiza, su padre amaba los relojes. Eudora Welty estaría siempre en deuda con él por el manejo puntual del tiempo, de la secuencia y cronología de los hechos. Los acontecimientos de nuestras vidas felices suceden en una secuencia temporal, dice Welty, pero en lo que atañe a su significación se impone un orden propio, un orden no necesariamente cronológico. También de su padre aprendió el amor por trenes, por viajes largos en trenes lentos. Fue él quien le compró su primer diccionario –el mismo que consultó durante toda su vida– y luego su primera máquina de escribir, una pequeña Royal portátil.

Eudora lloraba en una esquina. Su madre tenía la cabeza volteada: miraba fijamente el rostro de su esposo, el cual se había puesto ya de un rojo crepuscular. El médico, sosteniendo el frágil tubo en sus dedos, hizo un chasquido despectivo con los labios, como el de una mujer tejiendo cuando pierde un punto, pensó Eudora. De inmediato entendió que lo que quiso decir el médico con ese ruido era que su padre había muerto.

Pienso en las dificultades enfrentadas por un escritor que adopta un idioma nuevo, como de hecho hizo Nabokov con el inglés. Duda: ¿podría ser la decisión de acoger una lengua extranjera el momento genético de un escritor?

Joseph Conrad, quizás el caso más conocido de un escritor abandonando su lengua materna, escribió que siempre se había sentido observado como si fuese una especie de fenómeno, posición que, fuera del mundo del circo, no puede tenerse por deseable. Admitió Conrad que la habilidad de escribir en inglés fue siempre algo connatural en él, algo inherente, jamás producto de una decisión. De no haber escrito en inglés, se jactaba, nunca habría escrito ni una sola palabra.

Un caso más interesante, me señaló hace unos días mi colega (palabra atroz, colega, según Bolaño) y amigo José Luis Perdomo, es el de Stephen Vizinczey. Tenía él veinticuatro años cuando sucedió la derrota de la Revolución húngara. Se fugó a Canadá con no más de cincuenta palabras de inglés. Al darse cuenta de que era ahora un escritor sin lengua, subió al último piso de un edificio en Dorchester Street, en Montreal, con la intención de lanzarse al vacío. Pero mejor leerlo en sus propias palabras: Al mirar hacia abajo desde la azotea, escribió, con terror ante la idea de morirme, pero todavía más de romperme la columna vertebral y pasar el resto de mi vida en una silla de ruedas, decidí tratar de convertirme en un escritor inglés.

¿Una lengua nueva como núcleo formativo de un escritor? En Stephen Vizinczey, seguro que sí. De él, dijo Anthony Burgess, los ingleses pueden aprender a escribir en inglés.

Mientras brincaba de regreso a su casa, Vladimir notó que todo en el parque se estaba secando con increíble rapidez. El calor había vuelto tras el tórrido diluvio. Aunque la breve rajadura en el tiempo ya se había cerrado, él seguía escuchando un extraño rataplán de rimas y estrofas y versos que caían desde los árboles y se salpicaban alrededor de su mente. Jugando con combinaciones y cacofonías, se estremeció al darse cuenta de que estaba componiendo un poema.

–Buenas tardes, Volodya.

Ocupado tarareando posibles palabras, no había visto al director de la escuela caminando hacia él.

Vladimir le estrechó la mano y sintió que, como siempre, el señor director la tenía húmeda y sudada. Estaba sonriéndole mientras le preguntaba por su padre: a Vladimir le gustaba que la gente preguntara por su padre. Notó que el señor director, hablándole en una vocecilla de ratón, sostenía en las manos un ramo de flores marchitas. Su larga corbata parecía fluir. Granitos negros brotaban de las volutas carnosas de su nariz. Al mismo tiempo pensó en la pequeña escuela de Vyra, en las ilustraciones de barbudos escritores rusos que adornaban las aulas; sintió el peso de Pushkin en su mano; percibió el sabor arenoso del tallo de grama que estaba masticando; recordó de pronto el martilleo de un podómetro que había perdido; y mientras tanto el poema seguía flotando en su cabeza.

Al despedirse del señor director –quien efusivamente se inclinó en típica reverencia de un ruso radical–, Vladimir comprendió que para ser un poeta uno debía tener la capacidad de manejar múltiples pensamientos a la vez.

Recogió el hilo suelto del poema y continuó caminando. Le pareció que las palabras que había hilvanado ya no lucían tan lustrosas como antes de la interrupción, sospechó que sus rimas eran meras imitaciones; pero esta duda de percepción crítica no duró y, como un fuerte abrazo, el fervor poético lo envolvió de nuevo. Las palabras le indujeron, poco a poco, un tipo de trance. Sin sorprenderse, se encontró de pronto sentado sobre el viejo sillón de cuero en el estudio de su abuelo. Sentía el perfume de su abuelo. Escuchó los acordes de un gran órgano, y cómodo, casi congelado, había adoptado una postura en el sillón con el brazo colgando hacia las figurillas de la alfombra, hacia los nenúfares de un estanque, y del fonógrafo de su casa escuchó imitaciones de canciones gitanas, ahora él sentado en un flojo muelle sobre ese estanque, batiendo las hojas en la superficie con las yemas de los dedos, removiendo las hojas mojadas, sus dedos mojados, ahora secos, acariciando el suelo desde una banca, sentado en una vieja banca del parque, mirando hacia arriba el enjambre de ramas, el laberinto de ramas y hojas y el sol en su rostro, una rama gruesa contra su panza, ahora estaba trepado en un árbol, medio adormecido por el cantar de los grillos, acostado boca abajo con los brazos nadando en el aire tibio del atardecer. El silencio volvió y su primer poema, con todo y puntuación, estaba ya terminado en su mente.

Mario Monteforte Toledo se estaba tomando lentamente un jugo de guanábana en el apartamento de un amigo colombiano que nos había invitado a cenar ajiaco –plato típico de Bogotá–, mientras me explicaba cómo había conocido a mi abuelo en 1954. Quizás por su tupida barba blanca, me pareció un Santa Claus en pantalones de corduroy. Comimos delicioso y hablamos mucho durante la velada, pero lo que más recuerdo, lo que más me sorprendió, fue su sonrisa sincera y tierna al estrecharme por primera vez la mano.

Yo fui socio de su abuelo en el 54. ¿A él? Claro, y bien, llegaba a todas las sesiones, un hombre grande, calvo, serio, que se parecía mucho a Hitchcock. Yo, como abogado, ayudé a un grupo de veintiún empresarios a que no les cobraran un impuesto ilegal, y entre ellos estaba su abuelo. Les dije: No me paguen, señores, pero si ganamos me montan ustedes un periódico. Pues ganamos y financiaron ellos mi semanario, que se llamaba *Lunes*, muy bueno, muy agresivo, en el que logramos criticar duro al gobierno hasta que el golpista militar Castillo Armas lo mandó a destruir un año después, y me echó del país.

Esa no es una pregunta válida, porque cualquier escritor al que usted se la haga va a buscar una respuesta literaria. ¿Me entiende? Preguntar cuándo se convierte uno en escritor es tan abstracto como preguntar cuándo se convierte uno en hombre. Qué importa. Solo se está complicando usted con un tema estéril, intelectualoide. Mire. La literatura tiene dos vertientes: escritores metidos en la vida y escritores metidos en un cuarto. Yo estoy con los primeros, con los decididos a vivir, como Villon, como Hemingway, como Malraux, como el mismo Revueltas. Yo he estado en la cárcel, he vivido en barrancos donde Dios ya no era necesario, me han quebrado costillas por no obedecer, he sido tremendamente mujeriego, muy mujeriego. Pero no me arrepiento de nada que he hecho, de nada, tal vez solo de lo que no hice.

Teatro de sombras, a los siete años, quizás. Tras el gran terremoto de 1917 que destruyó toda la ciudad, nos fuimos a vivir con mi familia a un barrio cerca de algún barranco. Se acabaron las institutrices, no más escuelas, no más propiedades ni clases sociales. Imagínese usted. Organizábamos con mi hermano un teatro de sombras, usando muñecos de cartón, una sábana blanca y veladoras. Según nosotros, lo habíamos inventado. Pero mucho después me enteré de que se usaban en Asia desde hacía 3.000 años. Ese fue quizás mi primer contacto con la creación, mi primer intento por decir algo, por contar.

Luego, a los ocho años, otra vez con mi hermano, hicimos un periódico de cuatro páginas que se llamaba *El Eraldo*, sin hache. Lo hacíamos todo a mano y logramos producir veintitrés ejemplares, de los cuales todavía tengo algunos guardados por allí. También a los ocho años me enamoré, pero me enamoré de a de veras, perdidamente. Mi papá siempre traía revistas italianas. Y en una de ellas descubrí la foto de dos princesas hermanas. Yolanda y Mafalda, se llamaban. Bellísimas, con rostros bizantinos. Celosamente guardé el recorte durante muchos años. Le digo que me enamoré como un loco de ella, de Yolanda, pero en serio. No sé si esto tiene algo que ver con su pregunta. Tal vez se lo cuento porque amar está ligado a escribir. Bueno, pasó el tiempo, sesenta años. En Madrid, una amiga me invitó a cenar a su casa y me dijo que también llegaría mi princesa Yolanda. ¿Y sabe usted qué hice? No fui. No llegué. Ya nunca conocí a mi primer amor, la dejé idealizada, y no sé si arrepentirme. Por eso le decía que tal vez solo me arrepiento de lo que no he hecho.

Pound, seguro. Por su sentido universal, su genio poético y su ensayo. Sabía de todo ese hombre, hasta latín. Era un verdadero intelectual. Él nos enseñaba. Se dedicó a formar a tantos otros escritores, como a T. S. Eliot y a William Carlos Williams y a Ernest Hemingway. Sí. A finales de los treinta, creo que fue. Vivía entonces en Guatemala un nica sinvergüenza que se llamaba Adán Selva, pero todos le decíamos el Negro Selva porque era prieto como un zapato. Pues en el 37 él me prestó una de las primeras obras de Ezra Pound, titulada *Personae*, que me afectó profundamente. Ningún otro autor me ha influenciado y orientado tanto como él. Tal vez solo Revueltas, aunque en otro sentido, por sus novelas, por la violencia y el sentido social. Fuimos muy amigos con Revueltas. Con él aprendí a narrar.

De nada, Eduardo. Solo hágame usted un favor, ¿sí?, déjese ya de tonterías, no haga este tipo de preguntas estériles. No hay respuestas válidas a por qué uno se convierte en escritor, y aunque hubiere, igual a nadie le importan.

Balzac decía que los sucesos principales en la vida de un escritor son sus libros. No la influencia de sus padres ni abuelos ni hijos; no el sufrimiento, ni sus traumáticas experiencias en el amor y el odio; no la vasta biblioteca que leyó; no sus viajes por París y Barcelona; no todas las románticas amistades literarias que cultivó a través de cartas y botellas de vino y bandadas de adulaciones baratas. Sino los libros que escribió.

Salvo una luz en la ventana del segundo piso, Vladimir encontró su casa completamente oscura. El guardián nocturno lo dejó entrar. Despacio, como para no sacudir el orden de las palabras en su cabeza, subió las gradas.

Su madre estaba sentada en el mismo sillón que hacía unas horas, al lado del teléfono. Sobre el regazo tenía una copia del periódico de San Petersburgo –el *Rech*– y otra de *The London Times*. Vladimir la saludó con dos besos.

Solicitó su atención. Colocando un banquito frente a ella, y tosiendo un par de veces para darle al momento un efecto más dramático, comenzó a recitar.

Cantó del ardor de la memoria como la música de un gran órgano. Sin jamás haberla conocido ni amado ni perdido, continuó declamando con emoción sobre la pérdida de su bella amante. Mantenía la mirada fija sobre la pared: todos los daguerrotipos en marcos ovalados, una pequeña acuarela de Somov, un óleo del otoño en Versailles de Alexander Benois, un dibujo en crayón que había hecho de niña su abuela materna. Llegando ya al final del poema, escuchó un gemido distante. Era evidente que había tomado prestadas casi todas las modulaciones, de Pushkin, de Tyutchev, de Fet. Pero eran sus palabras, era su poema, y volvió la mirada hacia su madre.

–Qué maravilloso, qué bello –dijo ella entre sollozos y lágrimas. Le entregó a su hijo un pequeño espejo para que viera la mancha de sangre que tenía sobre el pómulo, pues él, sin percatarse de ello, había aplastado un mosquito mientras declamaba. Vladimir alzó el espejo hacia su rostro. Pero vio mucho más que eso.

Todo lo anterior es ficción.

Hace algunos días recibí por correo postal el primer tomo –*Los años rusos*– de la biografía de Vladimir Nabokov que escribió Brian Boyd. Empecé a leerlo emocionado por llegar al diluvio en el parque de Vyra, al momento que inspiró su primer poema y lo encaminó hacia un futuro brillante en las letras. En la página 107, sin embargo, el señor Boyd confirma que todo aquello que cuenta el mismo Nabokov en sus memorias no es más que, en sus propias palabras, una estilización considerable del evento original.

Primero: no fue su primer poema. Nabokov llevaba ya cinco años escribiendo poemas en tres lenguas distintas. Segundo: el poema que él cita, «La lluvia había volado», no fue escrito en los albores de la guerra, en 1914, sino en 1917, cientos de poemas después, y en parte dice:

> La lluvia ha volado e incinerado en su vuelo.
> Yo camino la arena roja de un sendero.
> Hacia abajo una hoja inclina su punta
> y bota de su punta una perla.

Si Nabokov confundió estas dos memorias a propósito, jamás lo sabremos, y la verdad es que no importa. Es solo literatura. La realidad, me dijo alguna vez Sergio Ramírez citando a uno de los Alexandre Dumas, aunque no recuerdo a cuál de los dos, la realidad, me dijo Sergio, es solo el clavo en el que se cuelga la literatura.

Otro francés, Stendhal: No tengo ningún recuerdo. Ese es uno de los grandes defectos de mi intelecto: no paro de darle vueltas a cualquier cosa que me interese, y a fuerza de examinarla desde diferentes puntos de vista mentales, al final veo algo nuevo y altero por completo su aspecto. Extiendo el tubo de la lente y enfoco en todas direcciones, o lo repliego.

En fin. Creo que los distintos enfoques y repliegues de la memoria de Nabokov confirman que este fragmentado texto se acerca ya a un patético punto final. Y todo lo demás es mentira.

Al enterarse de su breve aparición por las líneas de este manuscrito, un autor me escribió para acusarme de estar practicando lo que él llama un exagerado vampirismo literario. No sé, quizás tenga razón, quizás mi afán por investigar a otros escritores me ha llevado sin darme cuenta a usurpar no solo sus palabras y personajes, sino también su estilo narrativo; a querer volverme, supongo, un compuesto de todos ellos. Es el fenómeno de Alonso Quijano y Madame Bovary y Tom Sawyer y Holly Golightly y no sé cuántos otros que se creen lo que leen, que nos creemos lo que leemos. El peligro de penetrar apasionadamente en el mundo de los libros es que nos convertimos, nosotros mismos, en un aglomerado de pequeños trozos literarios. Y los libros que escribimos no pueden ser más que una aberrada sumatoria de todas aquellas páginas que les vamos arrancando a los libros que leemos.

Wittgenstein: Creo que hay cierta verdad en mi idea de que solo pienso de manera reproductora. No creo haber inventado ni una línea de pensamiento. Siempre me he apoderado de lo de los demás. Lo que yo invento son nuevos símiles. Beckett: No inventamos nada, creemos inventar cuando en realidad nos limitamos a balbucear la lección, los restos de unos deberes escolares aprendidos y olvidados, la vida sin lágrimas, tal como la lloramos. Y a la mierda.

Claramente, al igual que Wittgenstein, yo soy víctima de la mimesis artística. Pero, en alguna medida, ¿no lo somos todos los que intentamos crear algo nuevo?

A partir de pedazos y fragmentos de otros cuerpos, el científico Victor Frankenstein quiso crear un hombre artificial, pero solo logró una aberración que fue repudiada por su aspecto horripilante. Al monstruo, en su anhelo imposible por convertirse en humano, no le quedó más opción que destruir a su propio creador, quien lo había destinado a una vida de incomprensión y desgracia y a la más absoluta soledad.

VI. EL ÁNGEL LITERARIO

Hace unos días llegué a Barcelona. En mi maleta de mano traje dos copias impresas de este manuscrito, que le quiero entregar personalmente a Christian Martí-Menzel, mi agente literario. Sé que pude haberle enviado los documentos por correo postal, claro, bastante más fácil, pero por dicha aún conservo algunas supersticiones. Además, soy de la opinión de que tanto trabajo merece un cuidado especial. Insertar manuscritos en un sobre y enviarlos por avión no luce tan decoroso, pienso yo, como viajar uno mismo y entregárselos a su agente literario mientras se toma un buen café en cualquier lugar de las Ramblas.

Al llegar al hotel hablé rápido por teléfono con Christian y acordamos desayunar al día siguiente, un sábado, en un restaurante muy cerca de la Sagrada Familia. No tenía ganas de desempacar. Solo saqué de la maleta una copia del manuscrito y me fui a un café silencioso y agradable –el favorito de un amigo fotógrafo–, ubicado frente al parque de la Ciudadela, y cuyo enorme sofá negro me confortó de inmediato. Con mi reloj interno trastornado por el largo viaje, pasé la mayor parte del día sentado en ese cómodo sofá, tomando café tras café y leyéndolo todo de nuevo. Cuatro o cinco cortados y una lectura completa más tarde, tuve la ingrata impresión de que algo le hacía falta a este libro, que todavía estaba incompleto. Exigía, reflexioné, un tipo de cierre. En esa palabra pensé, cierre, aunque no estaba del todo seguro de qué quería decir eso de cierre. Y aún no lo estoy. Acaso lo único que quería, al igual que aquel nicaragüense, era formar parte de una cofradía de artistas. Pagué la cuenta, corrí de vuelta a mi habitación y hablé al móvil de Christian para decirle que necesitaba un día más y que mejor nos juntáramos el domingo por la mañana, pero no quise explicarle por qué y él tampoco preguntó. Luego de colgar, y aún vestido, caí en un estupor de doce horas tan profundo que estaría dispuesto a jurar que ni siquiera soñé.

Hoy, entonces, ya más reposado, me encuentro en la única mesa medio escondida del muy popular Café Zúrich (creo que toda ciudad del mundo debe de tener un café con ese nombre, menos Zúrich, claro), situado en una esquina de la plaza de Cataluña, tratando de teclear en mi computadora portátil el trozo faltante de este mismo libro. Supongo que aún quiero darle vida a este monstruo de miembros ajenos; tarea que no sé si lograré. Pero tengo dos pilas adicionales y trece cigarrillos (doce, más el que ahora estoy fumando) y el resto del día para intentarlo.

Por qué alguien empieza a escribir. Vaya pregunta. Llevo no sé cuántas páginas en esto y cada vez tengo menos claro por qué alguien empieza a escribir, o lo que es casi igual: por qué alguien escribe. Miles de palabras después y creo no haber avanzado ni un ápice. Mis dudas iniciales siguen siendo mis dudas y temo que siempre lo serán. Busqué tanto, demasiado, que al final ya no podía dormir, padecía de algún tipo de fiebre y de un constante malestar comparable a la melancolía. Desilusionado, trepanado, escribí alguna noche de insomnio. Por momentos, creía entender a los bartlebys del mundo, a todos los escritores que prefieren no hacerlo. Se me ocurre ahora que empezar a escribir un día es tan misterioso como dejar de escribir otro, tanto así que tal vez son reacciones distintas de la misma insatisfacción. Surgen del mismo manantial, por así decirlo. Antes suponía que el fenómeno de aquel que ya no escribe era lo opuesto del fenómeno del que empieza a escribir. Ahora ya no estoy tan seguro. Me parecen experiencias semejantes, vacíos similares, diástole y sístole de un mismo corazón. Porque toda persona está a una palpitación de volverse escritor, y todo escritor está a una palpitación de ya no serlo.

Cuanto más escarbaba en las vidas fangosas de distintos autores, más me alejaba de aquello que aún sigo buscando, y solo me quedé con las manos embarradas. Descubrí que los detonantes literarios en la gente son tan variados como la gente misma, y escultores tan inesperados trabajan sobre la arcilla cruda que somos los escritores incipientes. El ángel literario –ángel caído, luciferino quizás, pero ángel a fin de cuentas– no tiene horarios fijos ni momentos planificados. Vuela por encima de algún desdichado cuando se le da la gana. A veces ese ángel se percibe. A veces se disfraza. A veces su vuelo es tan fugaz y silencioso que nadie nunca supo que pasó por allí, esparciendo palabras mágicas sobre alguna víctima y dejando a legiones de futuros lectores en la absoluta perplejidad, pero felices.

Empecé a escribir este libro, como siempre, sin saber hacia dónde me dirigía. Nada más deseaba, sin tampoco saber por qué, escribir cuentos biográficos sobre algunos autores que me gustan, que me han marcado en cierta forma como lector y como escritor y, especialmente, como persona. Tal vez quería brindarles un tipo de homenaje o un peculiar tributo (no conozco sentimiento más embarazoso que la admiración, recuerdo que dijo o pudo haber dicho Baudelaire). Pronto me di cuenta, sin embargo, de que había un dato biográfico concreto en sus vidas que me interesaba especialmente señalar: el momento exacto en que se habían convertido en escritores. A través de un velo romanticista, yo miraba ese instante como casi un hechizo, como el despertar literario de un pobre príncipe en un cuento de hadas. Ingenuo, ni modo, pero así comencé. Algunas veces encontraba que ese momento era el de primera escritura; otras, que era el momento o las circunstancias de inspiración; y aun otras, que era el momento decisivo en el pulir de su artesanía como escritores. O sea que el núcleo inicial de un escritor, claro está, se me tornó ambiguo de inmediato.

Muy escurridizo. A mí mismo se me hacía difícil tener que explicarle a alguien qué estaba escribiendo (todavía hoy me encuentro dando explicaciones, no sé, tal vez dándome explicaciones). El cuento de hadas se derrumbó con todo y el velo, y me enteré de que, en la vida real, el pobre príncipe siempre continúa durmiendo.

El diario, entonces. Llevar un diario que registrara este proceso fue una idea espontánea, inesperada, surgida en un diálogo casual entre dos amigos para ir dejando constancia de todas las dudas que me fuesen surgiendo en el camino, un camino que resultó ser más escabroso, más personal, más íntimo de lo que me pude haber imaginado. Ir anotando mis inquietudes quizás me ayudaría a sujetar con firmeza ese tema que, como algún líquido viscoso, se me estaba filtrando entre los dedos. Cabe mencionar que yo no soy una persona de diarios. Prefiero leerlos: el de Pessoa, el de Kafka, el de Cheever. Pese a que obligo a mis alumnos a tener uno durante mis cursos, yo jamás he llevado un diario: esta fue la primera vez.

Escritores me cayeron en aguaceros. Se aparecían por todos lados. Y entré, como siempre me ocurre cuando escribo, en una profunda obsesión. Soñaba con este libro. Casi no salía de mi casa por temor a que se me fuera a ocurrir algún detalle importante y no estuviese cerca de la computadora para teclearlo. Las pocas veces que me aventuraba hacia las calles era para entrevistar a alguien o a buscar cierta biografía que me hacía falta; solo mandados breves para servirle, como un mayordomo, a este manuscrito. No sé si a todo escritor le sucede lo mismo, pero me gustaría pensar que sí. En fin. Leía una o dos biografías diarias, sin ningún orden, sin ninguna secuencia, detectando el vuelo del ángel literario con cada vez más facilidad. Contacté a aquellos escritores que pude localizar, y empecé a entrevistarlos virtual, personal o telefónicamente, como fuese. Unos me ayudaron, otros se enfadaron, otros me ignoraron. Entonces, ya con cierta información pero carente de ideas preconcebidas, me sentaba a narrar. Todos los días. A cualquier hora. Algunas veces logré un cuento completo, otras uno muy breve, otras uno muy malo, otras solo el germen de alguna idea, y otras absolutamente nada.

Ahora, meses después, he terminado de ensamblar un extraño mosaico de ideas y relatos y anécdotas y entrevistas, el cual, visto muy de cerca, creo que no tiene ningún sentido. Un mosaico solo se logra apreciar desde lejos, y a veces ni así.

Se me ocurre que todas las decisiones aparentemente accidentales y espontáneas que se fueron tomando en el camino –y recuerdo ahora con lucidez las palabras de aquel escritor neófito mientras batallaba con sus espaguetis– solo me estaban conduciendo a una pregunta crucial, digamos que a la pregunta: por qué me había convertido en escritor. Yo, no ellos. Yo, no todos los demás escritores que obsesivamente andaba persiguiendo hasta en mis sueños. Por qué empecé yo a escribir. Por qué escribo. Quizás investigaba en las vidas de otros buscándome a mí mismo, buscando el momento en que me voló por encima ese ángel literario y maldiciéndome, injuriándome, derramó sobre mi cabeza tantas palabras. Qué sé yo. Responder a esa pregunta es quizás la respuesta a esta magnánima pregunta que de a poco se ha ido tornando en una novela y un diario y una autobiografía y un ensayo y una especie de enciclopedia de influencias literarias, todo al mismo tiempo y al mismo tiempo en nada. Porque al fin y al cabo este mosaico de mi proceso literario no tiene una respuesta última. Siempre, al leerlo de nuevo, sentiré un faltante. Tantas páginas más tarde y aún no sé por qué empecé a escribir este libro, y aún no sé por qué empecé a escribir del todo, y aún no sé por qué sigo escribiendo. Admito frustrado que no sé y que nunca sabré. Admito aterrado que igual de fácil que encontré a la literatura podría perderla por completo. Admito vencido –con el riesgo de caer en el solipsismo– que tal vez estoy terminando de escribir un libro que no se puede escribir.

Así pasa la gloria del mundo, escribió Nicanor Parra o Roberto Bolaño citando a Nicanor Parra, no sé, así pasa la gloria del mundo, sin gloria, sin mundo, sin un miserable sándwich de mortadela.

Entre tantas dudas que me acechan en medio de esta afiebrada melancolía, que aun aquí en Barcelona no logro sacudirme, una cosa tengo clara. Las personas entran y salen de la literatura sin saber por qué. Y quizás el solo hecho de preguntárselo es acercarse demasiado al sol, pues la razón jamás podrá comprender manifestaciones de un espíritu estético. Sin pedir permiso ni perdón, el ángel literario se asoma, nos eleva efímeramente hacia algunos paraísos y nos arrastra hacia nuestros propios infiernos, y eso es todo, y a la mierda.

Ya es de noche. No sé desde hace cuánto tiempo cae una lluvia ligera, suave, que le da a este insólito final un leve tinte literario. Cansados, los meseros ya se están alistando para marcharse, pero no saben que aún me queda un último cigarrillo.

Escribo para que me lean, creo recordar que dijo en algún momento Oscar Wilde, aunque tal vez fue André Gide, tiendo a confundirlos y para mis fines poco importa. Pero dígame, señor Wilde, le objetaría yo si pudiese, ¿por qué quiere usted que lo lean? Y el señor Wilde, audaz, monumental, con su genio irónico siempre afinado, probablemente me respondería que quiere que lo lean para así poder seguir escribiendo.

Creo que no hay mejor cierre que ese.

ÍNDICE

EL ÁNGEL LITERARIO

www.lostreseditores.org
info@lostreseditores.org

Ulises, 65
28043, Madrid

Publicado por acuerdo con Casanovas & Lynch Literary Agency

Primera edición:	mayo, 2025
ISBN:	978-84-124479-1-0
Depósito legal:	M-7676-2025
Diseño de colección y de marca:	Oriol Corsà
Imagen de solapa:	Laura Astorga Monestel